W0469710

COLLECTION QUAI VOLTAIRE

PADANIA BLUES

DU MÊME AUTEUR

Chez le même éditeur

JE NE FERAI UNE BONNE ÉPOUSE POUR PERSONNE,
Quai Voltaire, 2019.

Nadia Busato

PADANIA BLUES

Traduit de l'italien par
Karine Degliame-O'Keeffe

Ce livre a été traduit grâce à une aide du ministère italien des Affaires étrangères et de la Coopération internationale.

Questo libro è stato tradotto grazie a un contributo del Ministero degli Affari Esteri e della Cooperazione Internazionale italiano.

Titre original : *Padania blues.*

editionslatableronde.fr

À Paul Mellory.

L'amitié ne meurt pas parce que tu es parti.

« *Jie dao sha ren.* »
« Tuer avec un couteau d'emprunt. »

Les 36 stratagèmes, Chine, période des Printemps et Automnes, c. 770-495 av. J.-C.

« Treize filles à une fête, ça porte malheur. Vous douze, sortez d'ici ! »

Jerry dans *Certains l'aiment chaud*, 1959.

Note de l'autrice

Tout ce que vous allez lire est vrai.

Surtout ce qui paraît le plus absurde ou cruel.

Surtout la rancœur et la violence. Rien n'est faux, ni les mensonges ni les lettres d'amour.

Les personnages aussi sont réels même si j'ai modifié leurs noms et donné à l'un d'entre eux celui d'une poupée.

Quant au vieil Inri, il s'appelait bien ainsi.

Jouons à un jeu

Allez, on joue à un jeu. Tu te mets à ma place, je me mets à la tienne.

Je suis assise au bar à ta place, je tourne distraitement les pages du journal et je lis dix lignes d'une histoire qui paraît franchement risible. Je remue mon café en ricanant et je blague avec le barman qui l'a lue aussi. Je lui dis : « Du pur *Cronaca Vera*[1]. » Il me répond : « Un truc de dingue. » Je lis dix lignes d'une histoire qui, hormis les morts, est comique. Je dirais même hilarante.

Et toi, tu es allongé à ma place sur un lit d'hôpital et tu fais semblant de dormir pour ne pas répondre aux questions des médecins et connaître le fin mot de l'histoire. Et puisque tu es moi, tu penses comme moi : tu ne comprends pas. Tu te demandes ce que tu fais dans ce lit. Comment tu t'es fourré dans une situation pareille. T'avais quoi dans la tête. Si on peut parler de tête. Tu as passé tellement de temps à la divertir, à l'étourdir, à l'anesthésier, à l'avilir pour l'empêcher de penser, que tu n'en as peut-être plus.

Quel âge as-tu ? Combien d'années de vie nous séparent, remplies de réseaux sociaux, de messages envoyés dans le

1. Équivalent italien du *Nouveau Détective.* (*Toutes les notes sont de la traductrice, sauf indication contraire.*)

néant en espérant capter un peu d'attention, de cuites à répétition, de médicaments qui ne soulagent plus, de jeux en ligne où tu espères humilier un inconnu, de télévision que tu ne regardes pas, d'écrans d'ordinateur ou de téléphone portable dans lesquels tu te noies, qui te volent ton intimité et ton sommeil, combien de journées dissoutes dans des drogues plus ou moins fortes, plus ou moins légales, plus ou moins addictives ? Combien d'années de non-vie nous séparent, toi et moi ? J'aimerais mieux te connaître, puisque dans ce jeu on inverse les rôles et que, au fond, aucun de nous deux n'est plus sensé que l'autre. Moi, je suis dans la merde. Toi, en revanche, tu t'en sors bien cette fois : tu te contentes de lire mon histoire et de réfléchir à ce que tu aurais fait, et puisque tu es toi, tu te dis que tu vaux mieux que ça, mieux que tout le monde, que tu ne serais pas tombé si bas.

On y va. Les règles sont simples : je suis à ta place, et toi à la mienne.

Dans ma situation, qu'est-ce que tu aurais fait ? Quelle décision aurais-tu prise ? N'oublie pas que j'étais seule et que je n'avais pas d'autre cerveau pour penser à ma place et me mettre en garde : *tu es en train de faire un carnage.*

Tu as du mal à me suivre ? Tu sais pourquoi ? Parce que tu n'es pas comme moi. Tu n'es peut-être même pas une femme. Et si tu es un homme, tu vis dans un monde différent du mien. Un monde dont tu n'as pas idée. Un monde où les choses penchent en ta faveur. Un monde où tes défauts, même physiques, te singularisent, te donnent du caractère. Si tu es un homme, dans ce monde-là, tu es très bien comme tu es : que tu sois unique, original, inimitable ou bien banal. Ce luxe, dont tu n'as pas conscience, tu en jouis à tous les âges de la vie, du berceau au cercueil. « *Lascia aperta la porta del cuore, vedrai che una donna è già in cerca di te*[1] », chantait mon père le matin en se rasant. En tant qu'homme, il te suffit d'exister.

Mais si tu es une femme, tu sais de quoi je parle. Tu connais le poids de ton corps, surtout au sens métaphorique : il ne te satisfera jamais. Si tu es une femme, on t'a tartinée dès les premières semaines de ton existence d'un sentiment d'inadéquation, en même temps que de pommade à l'oxyde de zinc ; et tu ne t'en déferas jamais. Si tu es une femme, tu sais de quoi je parle. Mais ça ne veut pas dire que tu me comprends, ou que tu en as envie. Les femmes se rangent rarement du côté des femmes. Autour de moi, une seule se range au mien. Et elle ne cesse de me répéter que la beauté intérieure ne sert que si quelqu'un peut entrer la voir. Si tu es une femme, tu es peut-être de celles qui ont quitté le genre d'endroit où je vis pour ne plus jamais y remettre les pieds. Et si tu es partie, si tu as la chance que les choses aient bien – ou même très bien – tourné pour toi, tu pourrais revenir dire aux filles comme moi qu'une alternative existe, qu'un ailleurs meilleur nous attend. Si tu t'en es sortie, tu ne devrais pas nous tourner le dos. Parce que, au bout du compte, l'important n'est pas de parvenir à destination, l'important est de montrer le chemin.

Toute la question, c'est : pourquoi ? Pourquoi, après tout le mal que je m'étais donné, avec les rêves que j'avais,

---

1. « Laisse ouverte la porte de ton cœur et tu verras qu'une femme est déjà à ta recherche », « *Teorema* », chanson de Marco Ferradini (1984).

mon avenir tout entier ne dépendait-il que d'une chose : mes seins ?

Cet article, tu as dû le lire et le relire, plusieurs fois, tant le mobile t'est apparu ridicule, voire pathétique, insignifiant. À chaque fois que tu y repenses, tu ris. Pourtant, c'est réel, il y a des personnes qui meurent à cause de leurs seins. Plus de cent l'année dernière. Je sais ce que tu penses, qu'à toi ça n'arriverait pas, mais ce n'est pas si simple. Si tu avais une paire de seins, tu en connaîtrais l'importance. Pas seulement dans cette ville, pas seulement en Italie. Le monde est obsédé par eux. Ouvre un journal, n'importe lequel, va sur le site de celui-ci, et tu finiras bien par voir apparaître des seins au milieu d'un article, sans raison. Promène-toi sur Internet, regarde un film, joue à un jeu vidéo. Partout se dressent des seins triomphants. Et toujours plus beaux que les tiens.

Pense à la manière dont tout le monde te regarde. Te juge. Ce que tu ressens, toi, à les porter. Comme ils te transforment selon les jours, parfois beaux et parfois non, alors que toi, tu es toujours la même ; et il faut les trimballer partout, tels qu'ils sont. Les jours où ils sont bien fermes, personne n'est là pour les voir. Et quand il y a quelqu'un à impressionner, ils prennent l'air avachi.

Tu as remarqué que dans les films, quand une femme entre dans une chambre, elle le fait toujours les bras levés, agrippés au chambranle de la porte ? Ensuite elle s'allonge sur le lit et étend à nouveau les bras au-dessus de sa tête. Un hasard ? Un instinct simiesque peut-être. Ou bien une impulsion, un réflexe. Ou encore un signe de reddition, mains en l'air, face à une virilité indéniable, évidente, gigantesque ?

La vérité est que chaque femme, sans exception, possède des seins fantasques, dotés d'une personnalité propre, indisciplinés et rebelles. Qui se mettent en grève, épuisés, deviennent deux poires pendantes et tristes le jour où on voudrait qu'ils aient la consistance ferme et juteuse de melons. Voilà pourquoi les femmes lèvent toujours les bras, y compris au cinéma ! C'est comme ces statues de héros qui arborent un micropénis : un signe d'encouragement et de solidarité adressé aux personnes normales. Les actrices sont des femmes comme les autres : elles étirent leurs pectoraux pour que leurs seins se ressaisissent, se reprennent, remontent ne serait-ce qu'un peu. Elles sont en représentation. L'important, c'est de ne pas faire peine à voir.

Mais j'aurais beau te dire que tout a commencé par une histoire de seins : les miens. Te dire que je n'en pouvais plus, que j'étais prête à tout. Que je ne regrette pas. J'aurais beau tout t'expliquer, je ne suis pas sûre que tu comprendrais. Tu comprendrais les faits, la séquence des événements dans cette histoire absurde du début à la fin. Mais me comprendre, moi ? Tout ce que je te demande, c'est de ne pas te moquer, m'insulter, m'enfoncer, me dire que je l'ai bien cherché.

Cela dit, il y a de quoi rire.

Pendant plus de vingt ans, je me suis coltiné les seins les plus ignobles que Dieu ait jamais créés dans ce monde de merde. Comme si ça ne suffisait pas de naître fille. J'ignore où tu vis, mais ici on tue les femmes sur un coup de tête : tu rencontres quelqu'un, vous vous aimez et un beau jour, il te bute et on le félicite. Et s'il ne te bute pas, il te cogne dessus pour le restant de tes jours. Cogner les femmes est un sport local : les chiffres le disent, la télévision le dit, on en reparle tous les ans les 7, 8 et 9 mars. À l'évidence, les mots ne servent à rien et les choses ne cessent d'empirer. Être une femme par ici n'a rien d'une sinécure. Il faut te marier si tu veux que quelqu'un subvienne à tes besoins. Mais devant le prêtre, tu ne fais pas le signe de croix avec la même insouciance que ton mari. Et pour un bon mariage, de préférence avec un type qui n'est pas du coin et qui te sortira de ce trou à rats planté au milieu d'une plaine nimbée de brouillard et de smog, une seule solution : ressembler à une déesse, être aussi belle et irrésistible que la reine de Troie et prier pour qu'on t'enlève.

Moi, je suis presque comme ça. J'ai un seul défaut : des seins de merde.

Deux seins si odieux, repoussants, irrévérencieux et déplaisants qu'ils ne se supportent pas entre eux. Mollement étendus sur mon buste parfait, entre des épaules dessinées et des abdominaux à tomber, ils s'ignorent.

Tu sais ce que c'est, d'avoir un corps sublime et deux seins affligeants ? À moins de loucher, d'avoir un bras plus long que l'autre ou une tare quelconque, tu ne peux pas imaginer les regards déçus que j'encaisse chaque fois que je me déshabille. Les commentaires du type « quel dommage ». Tu ne peux pas comprendre le vilain tour que m'a joué le sort. Le jour où Dieu assignait une paire de seins aux filles à naître et que les mamans faisaient sagement la queue, la mienne a été prise d'une terrible nausée et a abandonné sa place.

La file d'attente prénatale pour les seins des fœtus ressemble à celles devant les bacs de fouille du centre commercial un jour de soldes : premier arrivé, premier servi. Les retardataires se tapent les tailles hors normes, les coupes informes, les couleurs marronnasses et les articles avec une étiquette « défectueux » collée dessus.

Ma mère faisait la queue pour des 95 bien fermes jusqu'à ce qu'une soudaine nausée l'oblige à se précipiter aux toilettes. Elle y est restée un bon moment. Assez longtemps pour que le stock des 95 s'épuise, et même les tailles 90 avec mamelons turgescents. Et elle, toujours aux toilettes, en pleine crise intestinale. Qui sait à quoi elle pensait. Peut-être qu'elle réfléchissait à la vie. Peut-être qu'elle proférait des jurons et que Dieu, pour la punir, l'affligea en plus d'une diarrhée intempestive. En attendant, la distribution des tailles 85 avait commencé, ces seins qui gonflent au moment des règles et peuvent passer pour un 90B porté avec fierté, mais qui ne vous empêchent jamais de dormir sur le ventre. Et tandis que ma mère émet des bruits inhumains et des gaz toxiques depuis le plus profond de son être de femme, mère, couveuse et chambre à gaz, la taille 85 s'arrache comme des petits pains et on passe à la taille 80, celle des athlètes, des ballerines, des sans soutien-gorge ; des seins de gamine aux tétons pointés sous le débardeur, une poitrine osseuse qui se soulève en même temps que la cage thoracique, des seins si frêles que le moindre toucher impétueux risquerait de les pulvériser. Une fois vidée de tout ce qu'elle avait à offrir, ma mère se relève. Et en femme qu'elle est, elle s'attarde devant le miroir, se rince la bouche, se lave les mains, se perce deux points noirs au menton et remet du rouge à lèvres avant de quitter les cabinets célestes et de reprendre une place dans la file.

Il n'y a presque plus personne, la file avance plus vite. Quand son tour arrive, ma mère s'approche du comptoir charcuterie des cieux et demande poliment ce qui reste.

Voilà ce qui reste.

Deux seins dépareillés, un petit 85, bonnets différents, si bien que quel que soit le soutien-gorge, ils ne le rempliront jamais uniformément. Des seins qui ne gonfleront pas au moment des règles, et qu'aucun sport ni crème hors de prix ne pourra raffermir. Qui déprimeront les jours de pluie et s'affaisseront les jours de chaleur. Des seins météopathiques et antipathiques qui ressembleront plutôt à des mamelles tout juste bonnes à me rappeler que je suis la femelle de l'homme, une descendante quelconque de celui qui, pour créer mon espèce, n'a eu besoin que d'une seule côte. Voilà pourquoi mes seins sont si mal foutus, pourquoi ma poitrine, comme le cœur qu'elle abrite, est si fragile.

UN AN AVANT

1

Quand notre histoire commence, Barbie n'est en couple avec personne, mais offre son sexe à la moitié de la planète. Elle l'offre comme on sème le blé. Elle l'offre au point de ne plus savoir à qui et se dit qu'un jour, elle pourrait bien le perdre quelque part. Les hommes d'ici disent que les filles du pays sont des filles faciles. Ils disent qu'elles s'attirent des ennuis dès qu'elles se déplacent pour le travail ou les vacances. Ils disent qu'elles les cherchent. Que c'est bien fait pour elles si ça tourne mal.

Ils ne s'imaginent pas que les filles du pays tentent simplement d'échapper aux préjugés et à l'emprise, qu'elles préfèrent s'en aller plutôt que d'avoir affaire à des hommes qui pensent et parlent d'elles comme ça. Plutôt partir, plutôt les ennuis.

Au début de notre histoire, Barbie est célibataire. Mieux vaut célibataire que vieille fille, dit-elle. Quelqu'un lui demande où est la différence puisqu'on est seule dans les deux cas. Elle répond : « Aucune. » Si ce n'est que les vieilles filles ont la vulve sèche et que personne n'a envie d'elles. Alors que les célibataires sont belles et attirantes, et choisissent de rester seules. Les célibataires le sont toujours par choix, affirme Barbie avec fierté.

Sa mère dit que c'est une ânerie de plus parmi toutes

celles qu'elle a dans la tête, qu'elle n'est qu'une vieille fille qui se donne des airs et que si elle continue comme ça, autant aller faire le trottoir. Mais Barbie rétorque qu'elle a d'excellentes raisons de faire ce qu'elle fait : deux pour être exacte.

La première, c'est qu'elle tombe amoureuse. Facilement, elle l'avoue. C'est pas plus mal, au moins on ne peut pas l'accuser de coucher « juste comme ça », elle couche quand elle est amoureuse, c'est plus fort qu'elle. Tant pis si ce sont des amours d'un soir. On peut s'aimer et se quitter.

La seconde, c'est qu'un jour, elle sera célèbre, même si elle ignore comment. Tout le monde lui dit que les bombes comme elle ne courent pas les rues, qu'on la verrait bien à la télévision aux côtés d'un présentateur, ou sur la scène du festival de Sanremo ; qu'elle pourrait jouer dans des téléfilms ; et qu'on la croirait née pour devenir une *velina*[1] blonde. Barbie est très jolie, et possède même un peu de charme. Aucun talent particulier, c'est vrai. Mais des petits amis, dont elle est tombée amoureuse et qui travaillaient à la télé, lui ont dit qu'il n'était pas toujours nécessaire d'en avoir.

Être très belle, c'est déjà bien : c'est un talent en soi.

Ne pas avoir de charme, ou en avoir qu'un peu, comme toi, n'a pas d'importance : ne dis jamais non et tu verras, tu y arriveras.

Barbie a dit non quelques fois, car il y a une différence entre être ambitieuse et trop facile. Elle a vu ce qui était arrivé à sa meilleure amie. Elle avait fait un truc à un type

1. Les *veline* sont ces jeunes femmes aux formes avantageuses qui servent de faire-valoir aux présentateurs de l'émission *Striscia la notizia*. Il y en a une blonde et une brune.

qui le lui avait demandé. Il l'a répété dans le vestiaire, le vestiaire l'a répété à toute la ville et en un temps record elle a dû partir, sa vie était devenue impossible. On n'est pas nombreux, ici. On se renifle l'ourlet du pantalon, comme les chiens. Et si tu passes pour une chienne, chacun est en droit de te pisser dessus.

Barbie veut faire de la télé honnête, du moins à sa manière. Raison pour laquelle elle couche à l'ancienne. Elle n'est pas la seule, alors personne ne le lui reprochera, et une fois célèbre elle pourra épouser un footballeur ou un metteur en scène aussi connu qu'elle, ils auront des enfants, deux divorces chacun, seront invités par Dolce & Gabbana pour des vacances à Portofino et sa mère sera fière que sa fille soit devenue célèbre, elle est belle, c'est elle qui l'a faite, et Barbie, malgré tout cela, a su rester quelqu'un de simple, comme les filles qu'on élève ici, rustique, oui, et tellement humble, modeste, vertueuse : une gentille fille qui a toujours agi par amour.

Mais pour le moment Barbie vit à Ogno où elle travaille comme coiffeuse. L'avantage, c'est que ses cheveux sont toujours impeccables. C'est Maicol qui la coiffe en échange d'une épilation des sourcils. Il les aime fins et bien dessinés mais il n'y a rien à faire, ça repousse la nuit, n'importe comment, alors ils se voient tout le temps, c'est presque obsessionnel : Barbie et Maicol ont rendez-vous même le dimanche, car il refuse de sortir de chez lui avec un poil qui dépasse.

La maison dont il ne sort pas n'est évidemment pas la sienne mais celle de sa mère et de son père. Avec le travail qu'il fait et l'argent qu'il dépense, il aurait du mal à s'acquitter d'un loyer. À vrai dire, il n'a jamais essayé.

Pas par flemme, mais parce que payer un loyer, ça serait jeter son fric par les fenêtres : mieux vaut devenir propriétaire. Non pas qu'il ait cherché de maison à acheter. Il a d'autres chats à fouetter. Et puis, il serait bien incapable d'habiter seul. Il n'a pas été élevé comme ça, lui, le fils unique d'un couple qui attend – patiemment, il faut dire – d'accueillir une belle-fille à tyranniser et des petits-enfants à pourrir gâter. Dommage que Maicol n'ait jamais ramené qu'une seule fille à la maison. Malgré son manque d'intérêt évident pour la question, papa et maman ne se laissent pas décourager : ils ont accompli leur devoir ; ce sont des gens sensés, mariés, qui paient leurs taxes et leurs impôts, disent toujours bonjour et vont à l'église. Pour des gens comme eux, le fils gay, c'est celui des voisins.

Sa mère, en désespoir de cause, a commencé à répéter à son fils que Barbie et lui formaient un couple parfait. Ce qui, d'une certaine manière, mais pas comme elle l'entend, est vrai. Une fois, au début de leur amitié, ils s'étaient embrassés, défoncés et soûls, et même s'ils se fichaient l'un et l'autre des conventions, Maicol avait dit ensuite : « Non, sérieux, ça se fait pas. » C'est ainsi que Barbie avait découvert qu'avoir un ami pédé était l'une des plus belles choses qui pouvaient arriver. Aujourd'hui, ils traînent partout ensemble, complices, inséparables, intimes comme nul autre binôme homme-femme de leur connaissance. Maicol est sorti avec quelques ex de Barbie, qui ne le sait pas et ne le saura jamais. C'est que par ici, les occasions sont trop rares pour s'en priver. Mais Maicol et Barbie sont les meilleurs amis du monde et s'interdisent de se faire du mal. Il sait tout d'elle et l'accepte comme elle est. Elle connaît tout de son corps à lui et l'aide à masquer au mieux ses défauts.

Quand notre histoire commence, Maicol travaille comme coiffeur dans le salon Hair&Beauty d'Ogno, petite ville de moins de vingt mille âmes perdue au fin fond de la Padanie [1], celle où l'argent vient du béton, où le progrès se mesure comme aux vestiaires, où pullulent distributeurs de billets, stations de lavage, machines à sous, églises, cliniques privées, salons de massage, médecins anti-avortement et femmes enceintes, où l'on ne distingue jamais le brouillard de la fumée des usines, des camions, des incinérateurs, des fonderies et des raffineries. Il y a toujours quelque chose dans l'air, un voile gris comme le béton ou l'asphalte. Les gens ont la peau tout aussi grise. C'est pourquoi Maicol veut devenir visagiste dans l'institut de beauté qu'il ouvrira avec l'amour de sa vie – pas encore rencontré mais ça arrivera, tôt ou tard – dans une ancienne ferme qu'il a repérée au bord de la route qui mène au lac, et qu'il a déjà imaginé dans les moindres détails. Tout sera dans un style *cheap-and-chic*: sol en béton brut rehaussé de feuilles d'or, miroirs aux cadres dorés, murs recouverts de mosaïques dorées, mezzanine avec garde-corps en cristal et lustres dorés à mille branches. Ce sera un endroit merveilleux et excessif, de grande classe et d'élégance, avec des fauteuils zébrés et des tables de massage tigrées; et puis il y aura des coussins, des coussins partout. Des femmes sublimes et des hommes riches se retireront dans cette oasis de luxe et de volupté pour plonger dans la sérénitude et le culte de la beauté. En maître des lieux distingué de ce temple du bien-être appelé Villa du plaisir, Maicol accueillera les clients et les traitera comme des rois. Ils le remer-

1. Le terme désigne la région du Pô, dans le nord de l'Italie, et est surtout utilisé par la Lega (ou Ligue du Nord), parti politique italien fédéraliste qui a revendiqué l'indépendance de ce territoire au début des années 1990 et jusque dans les années 2010.

cieront, reviendront, en parleront à leurs amis, et grâce au bouche-à-oreille l'institut sera bientôt connu aux quatre coins de l'Italie. Les journalistes des magazines viendront l'interviewer, on verra sa photo dans les journaux et un jour le service de presse de Moschino l'appellera pour privatiser la Villa pendant une semaine. Non, deux. Il raccrochera et appellera Barbie avant de s'évanouir.

Quand notre histoire commence, Barbie et Maicol travaillent ensemble au salon Hair&Beauty. Celui-ci appartient à Ric, né Giorgio Comenotti, âgé d'une quarantaine d'années. Ric ment sur tout : son nom, son âge, et un tas d'autres choses. Il ment sur l'argent, son poids, sa taille, sa santé, sur ce qu'il a mangé, ce qu'il ressent. Le seul point sur lequel il ne ment pas, c'est sa pointure. Et aussi le prix de sa voiture : quarante-trois mille sept cent vingt-trois euros clé en main.

Ric est tellement occupé à mentir qu'il en oublie parfois qu'il habite à Ogno, où tout le monde sait tout sur tout le monde. Quand on a grandi ici, on n'y échappe pas. Tout le monde sait par exemple que le frère de Ric est handicapé et que leurs parents sont cousins. S'il y a un tas de handicapés à Ogno, c'est que les gens se reproduisent entre eux depuis des générations. Priorité aux gens du cru, à ceux qui étaient là avant les autres. Ici, les racines se défendent de père en fils, jour après jour, et sur tous les fronts : de la rue et des ronds-points à la moindre place, y compris celle qu'on occupe au lit. Moyennant quoi les habitants d'Ogno s'accouplent avec les habitants d'Ogno depuis une éternité. Et étant peu nombreux, ils finissent par faire des enfants entre membres d'une même famille, des enfants souvent déficients voire, parfois, complètement dégénérés.

Mais Ogno est loin d'être un cas isolé : c'est pareil dans tous les villages du coin. Pour ne pas se souiller, disent les vieux. Pour savoir d'où l'on vient, disent les chefs de famille. Pour ne pas se mêler aux étrangers, disent les ménagères. Pour que le village ne meure pas, dit le peu qui reste. Pour préserver nos racines et notre culture, disent le prêtre, le maire, le conseiller régional et même le croque-mort.

Quand on lui pose la question, Ric répond qu'il n'a qu'un frère, plus jeune, étudiant à l'école de ballet de la Scala de Milan, qu'il lui rend visite deux fois par an, pour le spectacle de Noël et celui de fin d'année. Un jour de l'été 2003, sous une chaleur insupportable, Ric faisait un brushing à une cliente de passage à Ogno pour affaires. Les gens venaient à Ogno pour travailler, pas pour faire du tourisme, c'était là que se trouvaient les industries sérieuses, celles qui forgeaient les armes et travaillaient le fer. Et puisque tout le monde a besoin de travailler, ce n'étaient pas les voyageurs qui manquaient. Le salon n'étant pas climatisé, Ric laissait la porte ouverte. La cliente, bien élevée, faisait la conversation et écoutait les histoires que Ric inventait au fur et à mesure qu'il tirait sur ses cheveux rêches avec un sèche-cheveux ionique. Ce qu'il n'avait pas prévu, c'est que passe à ce moment-là devant la porte un ex-petit ami de Barbie, avec qui elle s'était mal comportée. À l'époque où ils étaient ensemble, elle avait rencontré un autre type qui avait travaillé comme photographe pour *Intimità* et aussi pour *Eva Tremila*, et elle n'avait pas hésité à coucher avec lui parce qu'il voulait faire des photos d'elle et l'aider à devenir célèbre. Ric était donc en train de parler de son frère danseur, la cliente écoutait, répondait qu'il était possible qu'ils se soient croisés lors d'une avant-première à la Scala, Ric disait oui, ça se pourrait: «Avec un jeune frère aussi talentueux, pas impossible qu'on se soit vus dans le foyer ou qu'on ait été assis l'un à côté de l'autre dans l'orchestre ou qu'on ait occupé sans le savoir des loges voisines, les hasards de la vie quand même.» L'ex-petit ami de Barbie qui l'avait encore mauvaise s'est alors mis à hurler depuis la rue: «Tu parles, sale pédé, tout le monde sait que ton frère est un attardé et que tu vas te faire enculer deux fois par an derrière la gare de Milan-Centrale, une fois à Pâques et une fois à Noël!»

Le lendemain, Ric souscrivait un crédit, non sans difficulté, pour acheter un climatiseur et sceller toutes les ouvertures.

Quand notre histoire commence, Barbie fait un 85B dont elle a honte, Maicol convoite une Mini Cooper Cabriolet au-dessus de ses moyens et Ric n'est pas loin de rompre, malgré lui, avec le grand amour de sa vie: Gian, son partenaire à la ville comme dans les affaires, puisque copropriétaire du salon Hair&Beauty d'Ogno, là où, précisément, tout a commencé.

2

Il n'y a pas à dire, Barbie est belle. Tellement belle qu'elle pourrait être mannequin. Pas dans les défilés, c'est sûr ; mais pour de la lingerie, ou pour les magazines. Tellement belle qu'elle pourrait faire de la télé. La première *velina* originaire d'ici. Ils en étoufferaient de fierté, et de jalousie, au point de lui souhaiter l'échec, la déchéance, une fin tragique. Évidemment, son agent n'envisagerait pas une seconde de mentionner la bourgade natale de cette fleur des champs dans sa biographie. Ogno : c'est quoi ? Ogno n'existe pas. C'est une non-ville. Rien de sexy là-dedans. Qui irait se vanter d'être né au cœur de la *Macroregione*[1] ? Dans quelques années, on aura tous oublié la *Macroregione*. Alors imaginez une commune comme Ogno, perdue parmi la masse de petites et moyennes agglomérations résidentielles partiellement illégales, de zones industrielles partiellement légales, dispersées dans le paysage comme une banlieue qui aurait volé en éclats ; chacune détestant sa voisine et ignorant ce qui se trouve au-delà. Aucun homme n'est une île, peut-être, mais chacun de ces micro-villages est un atoll. Sur eux

1. De même que « Padanie », le terme *Macroregione* est utilisé par la Lega pour désigner le Nord industriel de l'Italie.

plane l'ombre de la *Macroregione*, immense, boulimique : elle coule dans la plaine et les engloutit dans un magma informe, indéfinissable, leur ôtant tout attrait sinon celui de l'ancien, du pauvre, du rustique ou de quelque chose qui, dans le vaste monde plein de *bons spots* et de trucs *cool*, n'intéresse personne.

Ogno, ça fait tache. On ne va nulle part avec un CV où il est écrit qu'on est né à Ogno. Et Barbie, à l'instar de quiconque possède une télévision, un téléphone et un minimum d'ambition, ne souhaite qu'une chose : s'en aller. D'ici, on n'emporte rien de bon, rien qui suscite la fierté, la nostalgie ou le mal du pays. Hormis les montagnes peut-être. Mais est-ce qu'on peut aimer les montagnes ? Trop majestueuses, trop éternelles, trop irrégulières. Là depuis des millénaires. Se foutant royalement des vies qui grouillent à leur pied. Un frémissement, un tremblement, le moindre éboulement, et elles réduisent en poussière les villages et les hommes qui, dans les livres et les chansons, se vantent de les avoir conquises.

Parfois, en les regardant, Barbie se dit qu'elle devrait partir avant qu'elles ne l'ensevelissent. Et si elles la suivaient ? Quittaient avec elle la *Macroregione*, envahissaient le reste de l'Italie et faisaient du *bel paese* un énorme et unique tas de ruines ?

Il doit bien exister des endroits qui ne font pas honte à ceux qui y sont nés. Prendre la fuite, se répète-t-elle. Être libre, sans racines, sans passé, élire domicile ailleurs et tout recommencer.

La *Macroregione* est un mouroir.

Le journal télévisé a annoncé aujourd'hui que la vallée du Pô était en train de mourir. Trop de béton, trop de poison. Nécro-région. Voilà comment ils l'ont appelée. Un lieu d'activité frénétique, mais sans vie, sans évolution ni révolution.

Non, la *Macroregione* ne passe pas sur le CV d'une star. Il faudra inventer autre chose. La beauté de Barbie pourrait par exemple lui venir d'origines métisses, disons une moitié familière, alliée, pour le côté sophistiqué, et une autre moitié exotique et sauvage. Moitié suisse, moitié brésilienne. Ce serait parfait, sauf que le sang suisse produit surtout des blondes et que les cheveux bruns lui vont mieux, lui donnent un air raffiné et sérieux. Et puis, à carrière égale, les *veline* brunes s'en sortent toujours mieux dans la vie : on dit que les hommes préfèrent les blondes mais épousent les brunes, et c'est la vérité pure.

Barbie a donc intérêt à être brune. Les premières années, afin de gagner sa vie et de fréquenter les milieux opportuns, elle se contentera de danser, mais ce qu'elle a à apporter au monde du spectacle ne s'arrêtant pas là, elle prendra des cours de diction et de théâtre pour devenir comédienne, d'abord de téléfilms, puis de cinéma et enfin de théâtre. C'est comme ça que ça marche : le théâtre est difficile, il exige talent et travail. Et elle souhaite se donner à fond, progresser, faire rêver la terre entière. Merci, merci beaucoup, merci d'être là. Je vous aime.

Barbie débarque dans la cuisine comme un soleil.

Mamma Teresa dit : « Papa est revenu. »

Le soleil de Barbie se voile et elle répond d'un ton mauvais : « C'est une blague ou quoi ? »

Mamma Teresa n'entend rien, ne comprend rien. Elle a les yeux qui brillent. Elle regarde sa fille comme si c'était elle, la folle, qui ne comprend pas que son père est ici, à la maison, de retour.

Deux ans plus tôt, à 7 heures du soir, leur vie avait

basculé. Certes, mais maintenant c'est fini. Où est le problème ?

Barbie se fige sur le seuil. Elle voit Fausto de dos. Le trouve amaigri et encore plus chauve qu'avant. En une fraction de seconde, mille pensées lui traversent l'esprit, mais pas celle de dire bonjour, ni d'entrer dans la cuisine, ni de faire un geste dans sa direction. Barbie se fige, voit les yeux brillants de sa mère, à deux doigts de l'embolie tellement le bonheur l'étouffe, et les larmes qui menacent de couler pour laver leurs fautes à tous, y compris la sienne. Barbie se dit que sa mère est heureuse, lui en veut, lui reproche sa faiblesse, sa stupidité, sa servilité, son ingratitude. Elle se dit qu'elle doit partir avant de la haïr.

Barbie se fige sur le seuil et dit seulement : « OK. Je vous laisse. »

Elle tourne les talons et va s'enfermer dans sa chambre. Met la cartouche de cire liposoluble à chauffer, ôte ses chaussures neuves et commence à frotter la corne de ses pieds avec la pierre ponce. Tandis que la peau morte tombe en pluie sur le tapis rose en forme de cœur, elle prend la sage décision de ne plus porter de chaussures ouvertes tant qu'il fera froid. Il faut attendre que les températures remontent, sinon elle finira par attraper des engelures, contre lesquelles la pierre ponce ne peut rien.

Elle entend ses parents dans la pièce d'à côté. Préfère ne pas y penser. Elle gratte et elle gomme. Au cas où quelqu'un voudrait lui lécher les pieds.

Le voyant du chauffe-cire est toujours rouge. C'est long. Elle n'aura peut-être pas le temps de tout faire.

Barbie attrape son téléphone pour appeler Maicol qui n'est sûrement pas à table.

« Ma chérie, je te manque déjà ? Vas-y, raconte.

— Les chaussures de samedi me donnent des engelures.

— Tu m'étonnes. C'est ça de vouloir montrer tes pieds splendides à tout le monde, petite pétasse !

— T'es vraiment une teigne. T'es jaloux, en fait.

— Mais non, tu sais que je t'aime, idiote. Alors, raconte.

— Mon père est revenu.

— Quoi ? Ce connard a osé revenir. C'est la meilleure.

— Ça me rend malade.

— Et donc t'as décidé de sauter le déjeuner et de te gommer les pieds.

— Ouais.

— Bon. Ça aide pas pour l'humeur mais au moins c'est bon pour la ligne. T'es magnifique, allez. Descends au bar, je t'y retrouve dans dix minutes. »

Barbie sourit et éteint le chauffe-cire. Elle met ses chaussures de travail – l'après-midi sera long –, enfile un blouson, traverse le couloir sans dire au revoir à personne et sort, au moment où la voix interrogative de sa mère essaie d'attirer son attention. Maintenant qu'il est là, t'as plus besoin de moi, pauvre conne.

Elle claque la porte, ignorant les sollicitations plaintives de mamma Teresa, et son estomac se serre – probablement la faim, ignorée elle aussi, mélangée au remords et au mépris que lui inspire sa mère. Barbie se dit qu'elle ne souffrira jamais pour un homme comme lui, jamais. Dans son cercle d'amies, elle est l'une des rares à encore travailler. Elles sont presque toutes casées, ou sur le point de l'être : prêtes à faire la poussière avant la visite des parents, à mettre l'eau à bouillir pour le riz de ce soir et pour les spaghettis de demain, à collectionner les bonbonnières de Murano et à attendre leur tour pour pisser, après le chien et les gosses, en faisant semblant d'aimer ça. Les femmes normales, celles qui savent hameçonner un homme sérieux et le garder, ne travaillent pas.

Mais être une femme normale n'est pas dans les priorités de Barbie. Du moins pas à Ogno. Si les choses tournaient mal, elle resterait seule jusqu'à la fin de ses jours, n'importe où mais ailleurs ; quoiqu'il arrive, elle réussirait à s'en sortir sans l'aide de personne. Mieux vaut rater sa vie que devenir la femme d'un homme comme lui.

3

Mardi. Barbie traverse la route, il est déjà midi. Comme tous les jours, elle n'a pas beaucoup de temps pour déjeuner, encore moins pour prendre soin d'elle. Elle se dépêche.

Barbie traverse la nationale pour rentrer chez elle. Personne à l'horizon. Tu m'étonnes. Personne ne passe jamais dans ce trou. Ce qui ne veut pas dire personne d'intéressant. Personne d'intéressant sous-entendrait *quelqu'un* d'inintéressant. Là, il n'y a personne, personne.

Samedi dernier, c'était shopping. Barbie a fait quelques bonnes affaires. Une nouvelle boutique a ouvert à l'outlet. On dirait un village pour elfes, mais c'est le paradis : tu te gares et le temple du shopping s'ouvre à toi. Des vitrines partout, des soldes à n'en plus finir. C'est beau, c'est propre. Dans les allées, il y a de la musique, et dans les boutiques la radio de l'outlet, ou parfois radio Deejay. Elle préfère la radio de l'outlet, moins de blabla de DJ et plus de chansons de Vasco [1].

Barbie et Maicol ont pété un câble, samedi.

---

1. Vasco Rossi, chanteur de pop rock italien.

« Ces *chaussures* ! Soixante-neuf euros ! se sont-ils exclamés en chœur. Regarde-moi ce cuir ! » Ils sont repartis chargés de sacs, de pochettes et de boîtes.

Barbie traverse la route en courant et ses nouvelles chaussures lui font mal. Avoir les pieds secs est une malédiction. Ça se voit quand on a les talons à l'air. C'est pour ça qu'il faut en prendre soin. On dit que les femmes sont obsédées par les chaussures, mais les hommes le sont aussi : tous vous feront une remarque sur ce que vous avez aux pieds. Femme mal chaussée, femme à jeter, ce n'est pas qu'un dicton. Et ça ne s'arrête pas aux chaussures. Les gens qui ne regardent pas de pornographie sur Internet – ils sont peu nombreux, paraît-il – n'ont peut-être pas idée de l'obsession que suscitent les pieds des femmes. Il y a ceux qui aiment les regarder, ceux qui veulent les toucher, ceux qui te demandent l'autorisation de les lécher, ceux qui les aiment avec du vernis, avec une chaussette fine, une chaussette épaisse ; ceux, un peu plus fous, qui te demandent de porter la même chaussette de sport pendant plusieurs jours sans te laver ; ceux qui veulent te voir conduire en talons hauts, qui font exprès d'embourber la voiture et te disent de descendre pour la pousser en enfonçant bien profondément les talons dans la boue. On n'imagine pas les fantasmes des gens en apparence normaux. Bref, le sujet « pieds » se travaille. Tant que la demande consiste à être piétiné par des talons, pas de problème : on ne voit rien à travers la semelle. Mais si on te demande de te déchausser, il faut être irréprochable. La concurrence est rude dans le domaine.

Barbie traverse la nationale au pas de course et une voiture passe. Enfin, une voiture : une antique Fiat Panda. Elle connaît son propriétaire : il s'appelle Inri. Un vieux con avec un prénom à la con, si ce n'est que c'est celui du Seigneur. Comment peut-on appeler son fils Inri ? Faut être bête. Un nom qui ne veut rien dire. Jésus le Nazaréen roi des Juifs : en sigle. Pourquoi pas SIP, Rai ou SPQR [1].

Mais pour qui tu te prends avec un nom pareil ? Imbécile aigri. Il a failli me renverser, ce putain de vieillard. Je ne peux même pas l'insulter à voix haute, ce serait blasphémer. Quand j'étais petite, on jouait à la balle au prisonnier près de son jardin et si elle atterrissait chez lui, il fallait se dépêcher de la récupérer avant qu'il la crève. Il était toujours là à espionner depuis sa fenêtre.

« Le vieil Inri voit tout, entend tout et sait tout », disait-on entre nous.

On disait aussi d'autres choses, à voix basse. Qu'il avait pactisé avec le diable, par exemple, que c'était un démon, laid et méchant, qui mangeait les chats tout crus à l'exception des chats noirs. D'un seul coup de dents, il les égorgeait et les déchiquetait. Et tout en mâchant il recrachait les poils sur le côté. *Pfft !*

Il y avait plein d'endroits où jouer, quand on était petits. Comme le champ de cerisiers, derrière les nouvelles habitations en contrebas du vieux monastère des sorcières. C'est là, d'après ce qui se raconte dans la vallée et même dans les livres, que des moines qui avaient potassé les manuels de torture jugeaient quiconque avait couché avec le diable. Rien que ça. De préférence les femmes puisqu'ils avaient

1. SIP : opérateur de téléphonie national, aujourd'hui appelé Telecom Italia ; Rai : nom du service public de radio-télévision italien ; SPQR : *Senatus Populusque Romanus*, « le Sénat et le peuple romain », emblème de la République romaine.

appris que toutes, hormis la Vierge Marie et quelques saintes, étaient des créatures diaboliques et impies. Et s'ils n'avaient jamais réussi à les brûler vives, c'est qu'aucune n'avait survécu à leurs supplices. On dit qu'ils torturaient par pur plaisir, un plaisir cruel et sadique. Et qu'ils s'y prenaient comme des amateurs puisqu'ils exécutaient les accusés avant d'obtenir le moindre aveu. Le pire procès se conclut par l'extermination de deux familles entières, soit à l'époque l'équivalent de plus de cent personnes. Tout avait commencé par une querelle de voisinage à propos d'un muret qui séparait deux champs : quelqu'un avait vu un coq noir le franchir et s'était mis à crier au diable. Le coq passait tranquillement d'un côté à l'autre du muret, et plutôt que de l'attraper pour lui tordre le cou et en faire un bouillon bien gras, les voisins s'accusèrent mutuellement d'avoir invoqué Satan.

Il n'avait traversé l'esprit de personne que le coq noir avait pu s'échapper d'un poulailler. Non, non. Il arrivait tout droit de l'enfer. Et les démons qui sortent prendre l'air, alors qu'ils ont le monde entier à leur disposition, choisissent de venir à Ogno, c'est bien connu.

Pour finir, en quelques mois, tous les voisins impliqués étaient morts, et quand ils avaient survécu aux tortures ils souffraient tellement qu'il aurait mieux valu qu'ils y succombent. On les avait pendus par les bras jusqu'à ce qu'ils se disloquent, frappés à coups de bâton et de barre de fer, on leur avait arraché les dents et les ongles, le feu les avait tourmentés jusqu'à ce qu'ils avouent, se repentissent et demandent grâce. Et au milieu des affres et des imprécations, on prenait les bourreaux pour des saints et la prison pour un temple.

On dit que la nuit, en s'approchant du grillage qui entoure les murs en ruine envahis d'herbes hautes, on peut encore entendre l'écho des hurlements et des malédictions, les pleurs des enfants qui appellent leur mère agonisante, prisonnière des cordes et des fers brûlants. Des jeunes, garçons et filles, y entraient autrefois pour braver la peur : ils avaient fait un trou dans le grillage et une fois à l'intérieur, passaient la nuit dans les décombres à fumer et à faire l'amour. Les enfants appelaient cet endroit le nid des sorcières. Pourtant, en grandissant, certaines petites filles ont bien dû soupçonner que les femmes qui étaient mortes ici n'étaient pas des créatures damnées mais des femmes libres et insoumises, exactement comme Barbie ; sauf qu'elles, elles n'avaient jamais pu quitter cet enfer.

Et puis il y avait les champs du vieil oncle, à la sortie de la ville, que tout le monde voulait qu'il vende. Et beaucoup de rues où personne ne passait. Celle en contrebas du cimetière, où les grands sur leurs scooters embrassaient les filles au milieu de volutes de fumée à l'odeur de romarin moisi.

Il y avait l'ancien hippodrome, sur lequel on voulait construire depuis toujours, sauf que les quatre casse-couilles de la Lega contestaient chaque projet de la Démocratie chrétienne, disait son père le soir à table. Après quoi il marquait une pause, rotait et ajoutait qu'ils pouvaient bien crever tous autant qu'ils étaient, les connards de la DC, les casse-couilles de léguistes, les socialistes, les communistes et les pots de colle de Communion et Libération qui n'arrêtaient pas de lui répéter, au syndicat des entrepreneurs, comme une bande de pervers : « Viens avec nous, viens avec nous, joins-toi au groupe. » Papa avait toujours voté pour le Parti républicain parce qu'il aimait bien Ugo La Malfa, le seul qui soit sérieux, selon lui. Et puis, un mercredi soir, alors qu'il regardait le journal télévisé et que Roberto Formigoni semblait vouloir présenter sa candidature pour la quatrième fois en dépit des règles, il annonça que le temps était venu de réagir et que lui aussi, il allait se mettre à casser les couilles et à voter Lega. Avant de marmonner : « Qu'ils aillent se faire foutre. »

Fausto avait une relation intime avec la télévision. Pour de vrai. Il lui parlait. Quand la télévision disait quelque chose, il lui répondait. Quand elle entonnait une chanson, il faisait les chœurs sans connaître les paroles. Une seule fois, il est resté silencieux du matin jusqu'au générique de Sanremo le soir. Armé de sa télécommande, comme s'il s'était agi d'un pistolet, il tenait l'écran en joue, les yeux rivés sur le visage du président léguiste de la Lombardie, Roberto Maroni, dont tous les JT diffusaient l'annonce.

Un « pacte avec le peuple padan » avait été signé à Salò, sur le lac de Garde : la *Macroregione* n'était plus seulement une dépression de terrain et de populations vivant entre les Alpes et le Pô, elle devenait, sur le papier, une sorte de proto-nation. Fausto disait : « Sans bureaucratie, rien n'existe vraiment. Le tampon officiel, c'est la vie. Dieu a créé beaucoup de choses dans le monde mais l'État y a mis de l'ordre et tamponné les plus importantes. »

Aux côtés de Maroni, dont le double menton prenait autant de place que lui, se tenaient les présidents du Piémont et de la Vénétie, léguistes eux aussi, et celui du Frioul, sympathisant sans véritable conviction politique qui s'était laissé embarquer dans ce truc sans queue ni tête et sans éthique : le Peuple de la liberté. « Ils se disent libres et se donnent rendez-vous à la maison du Duce au bord du lac », mâchonnait Fausto. Au bout de la dixième diffusion des mêmes images – le document, les stylos, les sourires, les flashs –, Fausto semblait s'être fait une raison.

Cette nuit-là, un tremblement de terre frappa Frosinone et un chanteur originaire de la région, ancien habitué des télécrochets, remporta la victoire au festival de Sanremo, sur la scène du théâtre Ariston. Pour Fausto, tout était lié: la bureaucratie avait dit que la Padanie allait faire sécession, qu'elle allait se détacher du reste de l'Italie, il ne restait donc plus à la croûte terrestre qu'à se conformer à cette décision et à suivre le mouvement pour scinder en deux la nation, dont l'unité ne tenait qu'à la saignée fiscale pratiquée par « Rome la voleuse [1] ». Sans ça, les hommes du Nord – ceux qui comme lui s'étaient faits tout seuls, entretenaient le pays et auraient bien utilisé le drapeau tricolore comme torchon pour effacer le Sud – étaient prêts à faire sauter eux-mêmes le cordon.

Et puis il y avait la route nationale. À l'époque, seul y passait un tracteur, celui d'un vieux fermier au bon cœur qui avait la malchance d'être affublé d'un prénom jadis curieusement populaire dans ces contrées et qu'ils n'étaient plus que deux à porter: Inri. Le gentil fermier et son méchant homonyme, le vieux répugnant que personne ne regrettera. Barbie se rappelle les mises en garde de leur enfance: « N'allez pas près de la maison du vieil Inri ou il vous mangera à la place des chats. » Mais la tentation était trop grande: ils avaient envie de les voir, ces restes de chats en train de pourrir dans le jardin.

Barbie et ses amis allaient jouer au ballon à l'orée du jardin du diable en personne. De vrais héros. Ils jouaient des après-midi entiers devant son portail, comme si de rien n'était. Et quand le ballon atterrissait dans le jardin, ils

1. *Rome ladrona*: slogan originel de la Lega.

étaient pris de panique. Ils se taisaient aussitôt, inquiets et excités. Regardaient le jardin sale, la terre à nu où gisaient des jouets abandonnés. La maison du vieil Inri puait le sordide et le vomi.

Le ballon rouge immobile au milieu des herbes sauvages leur donnait l'impression de voir des morceaux de cadavres de chats partout. Le vieil Inri finissait par apparaître, le regard torve, d'épaisses chaussettes dépassant de ses savates trouées, et vêtu d'un pantalon trop large. Il ramassait le ballon et levait ses yeux froids, ternes et lointains. Personne n'aimait le vieil Inri et il n'avait de sentiments pour personne. Tel le diable qui avait emporté son cœur, il emportait à présent le ballon rouge des enfants.

Ils le voyaient, chez lui, derrière le rideau, se saisir d'un long tournevis ou quelque chose qui y ressemblait et faire le geste de le crever.

Alors, ils rentraient chez eux, terrifiés mais excités d'avoir vu le diable à l'œuvre, et impatients de retourner le voir attraper un chat vivant avec les dents, le secouer par la peau du cou et le déchiqueter comme font les bêtes.

Barbie traverse la route et pense à toutes les excuses qu'elle a dû inventer pour qu'on lui rachète un ballon rouge. Un jour, sa mère en avait choisi un en mousse pour qu'il ne crève plus et elle s'était retrouvée coincée. Heureusement la balle en mousse avait fini dans la gueule du chien.

Barbie traverse la route et arrive indemne de l'autre côté. Elle ouvre le portail de la copropriété. Bâtiment 3, escalier C, 2e étage. Chaque fois qu'elle entre dans cet appartement il l'accable de tout son poids, lui murmure qu'il connaît tous ses secrets depuis sa naissance, qu'il a vu toutes les photos qu'elle a déchirées, et qu'elle aura beau partir, ses racines seront toujours là, agrippées au béton, au seul endroit qu'elle pourra jamais appeler sa maison.

Barbie trouve la porte de l'appartement ouverte.

« Maman, c'est moi. Je suis pressée, je dois être au salon à 14 heures pour deux couleurs et il faut que je m'épile. »

Elle trouve mamma Teresa dans la cuisine, une cuillère en bois à la main et les yeux brillants : « Papa est revenu. »

4

Il est un peu moins de 14 heures quand Barbie entre dans le bar.

Maicol vient d'arriver, ça se voit. Mais il lui sourit comme s'il était là à l'attendre, et ça lui fait du bien.

Un déjà-vu.

C'était il y a deux ans, il devait être 20 heures. Un dimanche soir qui a changé sa vie. Pour fêter ça, elle avait ouvert le flacon du nouveau parfum D&G et en avait vaporisé abondamment sur ses poignets, sur ses chevilles, derrière ses oreilles, sur les bords du pashmina. Et puis elle était sortie rejoindre son ami.

Dans un effluve de parfum – Maicol avait reconnu le nouveau D&G –, il lui avait lancé en souriant un regard complice de sous la visière en biais de sa casquette. Il avait suffi qu'elle l'appelle pour qu'il vienne.

Elle lui avait raconté. « Une catastrophe », avait-elle commencé.

Il l'avait écoutée et avait compati : « Ton père a pas de couilles, et il part pour essayer de prouver le contraire. Résultat, il fait pitié. Il aurait mieux fait de mourir jeune. »

Barbie était trop bouleversée pour rire aux éclats, mais elle avait émis un ricanement qu'elle espérait être le bon mélange entre l'impassible et le cynique. Maicol avait le sens de la formule. Quoique, en réalité, l'important était qu'il soit là, avec sa voix douce et efféminée, pour que tout devienne plus léger. Le meilleur ami qui soit, avait-elle pensé, c'est celui avec qui il est impossible d'avoir une conversation sérieuse.

Ils avaient commandé un spritz avec du Campari, sans chips, et avaient trinqué. Puis un deuxième, avec des glaçons. Le goût d'automne de la rondelle d'orange se mêlait aux notes fruitées et à la touche mystérieuse de bergamote qu'exhalait le D&G. Tout semblait s'évaporer en même temps que les fragrances les enivraient.

« Je sais pas ce que je ferais sans toi. Je serais incapable d'affronter tout ça, le salon, mes histoires qui finissent toujours mal.

— Un jour, on partira, promis. J'achète un appart à Milan, tu viens t'installer chez moi, tu te trouves une agence et t'enchaînes les castings. »

Ils avaient ri.

« Non, j'ai mieux : je me fais un mec, un super agent, je te le présente et il voit tout de suite quelle bombe tu es. »

Ils continuaient de rire.

« Il te fait aussitôt passer une audition pour *Striscia*[1] et tu deviens la nouvelle *velina* du programme, la plus sexy. Bon, tu devras faire semblant de passer par toutes les étapes de la sélection : la tournée estivale, la comédie des votes, le coup de fil pour t'annoncer que t'es choisie. »

Ils riaient, les yeux pétillants.

« Et pendant que tu fais le tour de l'Italie, entre un bain de mer à Riccione et une soirée à te trémousser au Billionaire, ton agent…

1. *Striscia la notizia,* plus communément appelée *Striscia,* est une émission satirique sur Canale 5.

— … qui te taillera des pipes divines… »

Ils riaient encore.

« Exactement ! Ton agent, qui me taillera des pipes divines, te fera faire un book sublime, t'allouera les services d'une attachée de presse et quand *Striscia* reprendra à la rentrée, tu seras déjà célèbre et en couple avec un footballeur.

— Mmh, les joueurs de foot, c'est *out*. Un pilote de moto plutôt.

— T'as raison. Ton petit ami sera… un chanteur de trap. Ça te va ?

— Beaucoup mieux.

— Ou réalisateur. Imagine, ce serait chou.

— …

— Bon, OK. Tu auras le petit ami que tu veux. Non, t'auras le petit ami que te choisira l'agence. Et tu feras avec, chérie. De toute façon, tu seras déjà célèbre et t'auras un contrat en poche pour un téléfilm ou une série. Tu seras une star et moi je serai génial, comme tous les amis de stars.

— C'est tout ? Tu te contenteras d'être mon ami ?

— Non, je serai aussi ton *hairstylist*, évidemment ! »

Barbie et Maicol avaient cessé de s'esclaffer et, les yeux dans le vague, souriaient de leurs rêves et du Campari qui leur montait à la tête. Le bar allait bientôt fermer, les chaises autour d'eux étaient retournées sur les tables.

Sans trop savoir où diriger leurs pas et leur vie, ils étaient sortis et avaient ri à nouveau, sans raison. Il faisait nuit mais ils n'avaient aucune idée de l'heure. Ils s'étaient enlacés et Barbie, redevenue sérieuse, avait dit : « Heureusement que t'es là. »

Maicol avait répondu : « Qu'est-ce que tu sens bon. »

Et Barbie et Maicol s'étaient embrassés en bas de chez lui, ou plutôt de chez ses parents. La voie était libre. Dans la cage d'escalier, ils n'arrêtaient pas de s'embrasser, lui envoûté par son parfum, elle ne se posant pas de question, elle n'avait peut-être même pas conscience de ce qu'elle faisait.

Maicol avait ouvert la porte et ils s'étaient embrassés près du canapé en cuir blanc en ôtant leurs manteaux. Barbie avait dénoué son écharpe qui était tombée en ondulant sur un grand vase contenant des branches sèches aux couleurs passées. Puis elle avait déboutonné la chemise de son meilleur ami, avait découvert son torse glabre qu'elle connaissait bien puisque c'est elle qui l'épilait. Elle y avait enfoncé ses ongles. Lui s'enivrait de ses lèvres douces et des notes chaudes et envoûtantes du D&G. Ils s'étaient laissé glisser sur le canapé, Barbie assise contre le dossier. Maicol lui avait défait son pantalon. Barbie portait des sous-vêtements à fleurs, une culotte de gamine. Maicol s'était arrêté aux genoux, les avait embrassés, avait humé l'odeur d'agrumes qui remontait aussi des chevilles : elle s'était douchée avec, ma parole. Il s'était arrêté pour lécher lentement, du bout de la langue, le cou-de-pied de son amie. Il avait allongé le bras à la recherche de la culotte. Il l'avait saisie par l'élastique et l'avait fait glisser vers lui. Barbie observait son ami à ses pieds. Elle n'avait aucune pensée. Lui, alors qu'il passait la langue sur sa cheville, éprouvait une sensation douce et étrange, légère et ambiguë.

Maicol avait levé les yeux, son visage était remonté vers elle, ses joues caressant les cuisses. Son regard s'était figé. Il avait fermé les yeux, respiré, approché sa bouche, posé ses lèvres sur celles de Barbie qui avait retenu un soupir. Il avait murmuré son prénom en allongeant les voyelles, et tandis qu'il le prononçait, ému, il était venu.

« Merde, pardon. C'est juste que... je... Merde, je suis vraiment désolé.

— C'est pas grave.

— Vraiment, je sais pas ce qui m'a pris.

— C'est pas grave, je te dis. Passe-moi ma culotte, s'il te plaît.

— Attends... Je la trouve pas.

— Comment c'est possible ? T'es chiant, Maicol, tu perds toujours tout.

— T'énerve pas. Elle est forcément quelque part. Elle était là il y a cinq minutes.

— Deux minutes.

— Bon, bah ça va. T'es comme ça avec tous les mecs qui remplissent pas tes critères de soumise passive ?

— Passe-moi au moins mon pantalon. On en parle plus, OK ?

— Tiens, voilà. Fais pas cette tête. Je te rappelle que je suis gay. Tu devrais être flattée.

— Attends, je suis censée te remercier, là ?

— Je dis pas ça. Mais commence pas à me faire une scène. À quoi tu t'attendais, en montant chez un pédé ? Bon, allez, tout comme avant ?

— Oui, tout comme avant.

— Bon, je m'excuse.

— Tu l'as déjà dit. Arrête de t'excuser. Il faut que j'y aille. OK ? J'y vais. Ciao. À demain.

— Comme avant ?

— J'y vais, ciao. »

Il y a une première fois à tout, avait pensé Barbie en

descendant l'escalier d'un pas mal assuré. Première fois qu'elle était dans cet état, à ne plus savoir ce qu'elle faisait ni avec qui.

Dans le hall de l'immeuble, la porte d'entrée s'était ouverte devant elle : les parents de Maicol revenaient d'une soirée cinéma à la Maison de la Culture, l'ancienne salle municipale d'où on avait viré la bibliothèque au profit de la danse de salon, du yoga et, un soir par semaine, de projections de films, avec chaises en plastique et bâche suspendue au plafond. Barbie les avait salués : bonsoir monsieur, bonsoir madame. Chacun lui avait répondu d'un mot affectueux. Maicol était apparu triomphant en haut de l'escalier, la culotte de son amie à la main, qu'il avait fait tournoyer dans les airs en criant son nom d'une voix coquine. Barbie et la mère du jeune homme avaient toutes les deux levé la tête. Mais c'est la mère qui souriait le plus.

5

Un dimanche après-midi. Teresa et Fausto sont dans leur appartement. Elle repasse, lui regarde la télévision. Elle dit : « Monte le son, j'entends rien avec le bruit de la vapeur. » Il répond quelque chose qu'elle n'entend pas de toute façon. Elle presse la gâchette et le fer se remet à cracher comme un dragon.

Puis Fausto éteint le téléviseur tandis qu'elle passe pour la quatrième fois sur le revers d'un des chemisiers neufs de Barbie, aux coupes si bizarres. Cette gosse va me rendre folle avec ses fringues. Teresa relève la tête, agacée : « J'étais en train de regarder, pourquoi t'as éteint ? Fausto, tu m'écoutes ? »

Elle pose le fer, fixe l'arrière de la tête de son mari qui n'en finit pas de se dégarnir. Il faudra le convaincre d'aller chez le coiffeur. Dès demain, elle s'y attellera. Fausto ne réagit pas, Teresa pense, l'espace d'une seconde, qu'il a peut-être fait une crise cardiaque. C'est arrivé à l'amie de sa cousine. Le mari était là et puis, l'instant d'après, mort, sans prévenir, sans un bruit. Elle se demande si ça l'attristerait ; la réponse étant « peut-être pas », elle préfère penser à autre chose.

« Allez, rallume !

— Teresa, j'en peux plus. J'étouffe.

— T'as pourtant l'air de respirer normalement. Remets la télé.

— Je suis tombé amoureux, dit-il sans se retourner.

— Tu m'en vois ravie. Maintenant rallume, je veux savoir la bonne réponse.

— Je plaisante pas. Je suis tombé amoureux et je te quitte. Je m'en vais. Je sais pas quand, mais bientôt, c'est sûr. J'en ai marre d'être ici, j'en ai marre de toi, de cette maison, de cette vie. J'en ai plein le cul, Teresa. Tu me dégoûtes ! »

Teresa pose le fer et l'éteint. Elle reste silencieuse, se demande si le câble est assez long pour pouvoir lui jeter le fer à la figure. Le canapé est à plus d'un mètre. Non, pas assez long. Elle décide alors d'utiliser les mots plutôt que la semelle brûlante.

Et elle commence par la partie pénible, celle des explications. « Qu'est-ce que tu racontes ? T'as perdu la tête ? Tu veux aller où avec ta hernie, ton arthrite et ta boule de billard. C'est quoi cette histoire. »

Fausto est sérieux. Il regarde droit devant lui sans se retourner. Il a rencontré quelqu'un, il y a plusieurs années. Six pour être exact. Non, pas six, neuf. Neuf ans. Il est tombé amoureux soudainement, un soir à l'heure du dîner. Depuis, ils se voient tout le temps parce qu'elle aussi est amoureuse de lui. Ils s'aiment.

« Tu sais ce que ça veut dire, Teresa ? Elle m'aime. Toi, non, tu me supportes pas, toujours là à me critiquer, à me mépriser, à m'humilier. Je suis encore digne d'être aimé. Aimé par une femme belle, désirable, séduisante, drôle, qui me fait rire et m'offre la joie dont cette maison et ce mariage m'ont privé. Je suis épuisé, Teresa, épuisé par toi, ta vulgarité, ton ignorance, tes pantoufles et tes robes de chambre. Je suis vidé par une imbécile de fille qui se comporte comme une traînée, qui reste collée à la télé comme sa mère et rêve de faire la putain des politiciens et des footballeurs.

» Mais je t'en veux pas. La vérité, c'est que j'ignorais que j'étais malheureux jusqu'à ce que je tombe amoureux. Ces neuf dernières années, j'ai craint de renoncer à quelque chose que j'avais moi-même construit et mérité, et tu sais quoi ? Je m'en fous. Garde tout. La maison, ta vie, tes pantoufles, ton fer à repasser. Je pars et je recommence ailleurs avec une femme formidable qui m'aime. Je me sentirai à nouveau jeune et vivant. Toi, tu mourras dans ta toile de poussière et de moisissure, dans ta maigreur et ta sécheresse, avec ta chatte tout aussi sèche.

» Je suis désolé, Teresa. Je veux pas te blesser mais j'ai pas le choix.

» J'ai eu envie de partir des milliers de fois, la nuit, en silence, avec une valise et quelques affaires, et en te laissant peut-être un mot sans trop d'explications et surtout, sans adresse.

» On est deux étrangers l'un pour l'autre et je te dois plus rien. Pendant neuf ans, je t'ai épargné cette souffrance, par respect, au nom de tout ce qu'on a partagé. Neuf ans qui m'ont paru une éternité. Je me suis privé pendant neuf ans et tu t'en es même pas rendu compte. Mon sacrifice n'a fait aucune différence. Il est temps que tu te réveilles, toi aussi, et que tu voies la réalité en face. Si tu as perdu ton mari, c'est par négligence. Si seulement tu éprouvais un dixième de la honte que tu m'inspires. »

Teresa ne dit rien. Elle continue de penser que peut-être, si elle rapprochait la table à repasser du canapé, le câble serait assez long pour lui coller la semelle du fer sur la nuque et lui laisser une belle cicatrice sur son crâne déplumé. On verra si cette salope t'aimera encore comme ça, défiguré.

Mais le câble est toujours aussi court et la semelle du fer est en train de refroidir.

Teresa demande : « Et d'où elle sort ? »

Fausto répond : « Tu l'as rencontrée. C'était notre voisine de plage l'été dernier à Roseto degli Abruzzi. Je l'avais fait venir en vacances avec nous, dans l'hôtel voisin. »

Teresa demande : « Qui, la femme de l'Est ? » Elle était d'où déjà ? « Parasol n° 36. Alors c'est de toi qu'elle me parlait ? »

Fausto ne répond pas. Mais dans l'air plane un oui.

6

C'est le dernier soir de son séminaire de coiffure à Londres. On est dimanche, et Ric est fatigué. Au programme : repas léger et une bonne baise de routine. Assis au restaurant, il termine son dîner en pensant avec un soupçon de nostalgie, même s'il ne les a pas connus, aux barbiers d'autrefois chez qui il suffisait de s'asseoir sans rien demander. Si un client s'y essayait, le barbier, au poignet déformé par des années de coups de rasoir, levait les yeux, qu'il gardait d'ordinaire à hauteur de l'appuie-tête, pour lui jeter un regard noir. Ce genre de barbier faisait comprendre d'emblée à celui qui le contredisait ou jouait au malin que la pression du rasoir contre sa gorge ne dépendait que de lui. Et que s'il laissait le client repartir en un seul morceau sans l'avoir saigné comme un cochon, c'était parce qu'il l'avait décidé. Barbier a toujours été un métier pour les vrais hommes. Il n'était pas question de style ou de choix des coupes.

Quelque chose s'est cassé avec l'arrivée des tondeuses, du dégradé américain et de l'undercut. Avant, on allait tous ensemble chez le barbier, un peu comme on pissait ou se branlait en groupe quand on était petits. Il y avait ce plaisir de la compagnie silencieuse de l'autre, qui était là mais ne cassait pas les pieds, partageait sans parler, comprenait sans poser de questions. Et même s'il lui arrivait d'ouvrir la bouche pour répondre, il ne manquait jamais d'ajouter avec délicatesse: « Ah mais tu sais, moi je m'en fous. »

Ric observe sa tourte à la viande aux ingrédients indéfinissables en songeant que les franges signeront sa perte – cette mode des franges, il en est convaincu, n'est autre que du dandysme revisité où la cire coiffante a remplacé la laque – et que les hommes qui fréquentent son salon n'arrivent pas à la cheville de ses compagnons de masturbation adolescente, qui l'inspiraient, le poussaient à se donner à fond, le complimentaient régulièrement. Lorsqu'on se touche en groupe, c'est simple, les autres se fichent qu'on soit homo. Il suffit de sortir le meilleur de soi. Et il s'en faudrait de peu qu'on se serre la main pour se féliciter.

Il décide que le dernier morceau de viande épicée restera dans l'assiette. Un homme, un vrai, l'aurait terminé. Un pédé, un vrai, peut se permettre de penser à sa ligne.

Il grignote un morceau de croûte du bout des dents et lève les yeux vers son compagnon, qui n'a rien mangé. Ils se fixent du regard.

« Écoute, dit Gian. J'ai merdé. Je sais qu'on parle pas beaucoup tous les deux. Mais je voudrais t'expliquer pourquoi je suis comme je suis. Il y a eu un moment, je m'en souviens très bien, où tout a basculé et où je suis devenu celui que tu connais. Je devais avoir treize ans, oui, c'est ça, c'était le jour de mon anniversaire. Je n'ai jamais été un enfant heureux mais il m'est arrivé ce truc et c'est comme si j'avais sombré. Une tante m'a offert une chemise blanche ridicule, tellement ridicule quand j'y pense que la chose a encore moins de sens. Je sais que tu vas me prendre pour un fou mais quand je l'ai essayée devant le miroir, quand je me suis vu pour la première fois avec cette chemise, ce n'était à la fois plus moi et pas encore moi, et en voyant cet inconnu, j'ai pleuré toutes les larmes de mon corps, j'étais inconsolable. Tu comprends ce que je veux dire ? Je n'arrivais plus à m'arrêter. Quelque chose s'était brisé, même si je ne sais pas quoi précisément. J'ai beaucoup réfléchi à ce que j'ai ressenti à ce moment-là, et le mot exact, c'est le dégoût. J'étais dégoûté par l'image que me renvoyait le miroir, par tout mon être. Je ne sais pas ce que je détestais à ce point-là, mais je ne me suis jamais plu depuis. Je me suis fait mal autant que j'ai pu. Tu le sais, tu m'as trouvé comme ça, tu me supportes. Mais tu ne sais pas ce que ça veut dire de vivre avec moi-même, d'être moi. Cette vie que je mène, ces trucs que j'avale, ça m'aide. À maîtriser la putain de vague qui est toujours là en moi et qui menace de monter, de déborder et de tout détruire si je ne la contrôle pas. »

Ric se demande ce qui lui vaut cet aveu inattendu, pour ne pas dire indésirable, se reprochant aussitôt d'avoir eu une pensée si méprisable à l'encontre de son jeune, beau et tourmenté compagnon qu'il a toujours poussé à parler davantage de lui, qu'il a toujours accusé de ne pas se confier. Leur relation repose sur une confiance illusoire. Ric commence déjà à regretter l'indifférence qui, en réalité, régnait entre eux jusqu'à maintenant.

« La première fois que les choses m'ont semblé pouvoir s'améliorer sans que je me drogue tous les jours, c'est quand tu es entré dans ma vie. Je ne l'ai compris que plus tard, un soir où je suis resté chez toi, et où j'étais tellement défoncé que j'ai cru crever sur les chiottes. Je me dégoûtais encore plus que d'habitude. Mais toi, non, je ne te dégoûtais pas. Je savais que tu savais. Quand je suis revenu dans le salon, avec ma tête de celui qui fait semblant que tout va bien, tu as été si sincère. Tu voulais m'aider. Et ça m'a redonné une force que je pensais avoir perdue. Pendant des années, j'ai été faible. Et même avec toi, j'ai été faible. »

Ric pense qu'il n'a jamais entendu son compagnon lui dire « je t'aime ». Leur relation s'est construite sur un détachement insurmontable. S'il entendait ces mots maintenant, il ne saurait pas quoi en faire.

« Aujourd'hui, grâce à toi, je n'ai plus aucune raison d'être triste. J'ai envie d'être fort à nouveau, de me sentir bien. Putain, je le mérite. »

Silence.

Ric ne dit rien.

Gian se met à regarder par la fenêtre.

Ric pense que s'il laisse passer le moment, tout reprendra son cours. Il aime l'indifférence qui a toujours caractérisé leur relation. Il aime que son compagnon ne lui ait jamais dit « je t'aime », après toutes ces années. Ce qu'il veut, il s'en rend compte maintenant, c'est aimer dans la solitude. Mais Gian se détourne de la fenêtre et le regarde droit dans les yeux. Merde.

« Tu sais, hier soir. Je suis pas sorti pour me défoncer. Enfin, si, un peu. Mais c'est pas le sujet. C'est juste que, voilà, je suis tombé amoureux. »

7

Ils s'étaient connus à Ibiza dix ans plus tôt. Ric était en couple avec un mec. Gian avec plusieurs.

Ça commençait mal. Ric détestait les types qui cumulaient. Il mettait un point d'honneur à n'en avoir qu'un ; en tout cas un à la fois. Ric sortait avec des homosexuels monogames, une minorité chez les moins de quarante ans. Mais il était prévoyant. Si à vingt ans, on obtient facilement ce qu'on veut, passé la quarantaine, avec du bide et personne pour repasser ses chemises, il ne reste plus qu'à se bourrer de psychotropes. Tu sais combien j'en ai vu, des gosses comme toi, sortir de soirée dans ton état, rentrer chez eux, être incapables d'y rester, et retourner tenir tête au destin en exhibant des abdos impeccables. Tu crois que ça suffit à te rendre heureux. Moi aussi j'ai sucé dans des impasses. Mais un beau jour, les choses changent. Un homme seul n'est cool que s'il est jeune et plein d'énergie, s'il ne te rappelle pas, s'il ne te demande pas de lui lécher les pieds dans une darkroom. Un homme seul, tu peux lui pisser au visage avant de rentrer chez toi bourré. Un homme seul, c'est bien s'il est designer, artiste, footballeur ou politicien. Pas s'il est électricien, ouvrier, plombier ou cordonnier. Je mets à part les routiers et autres gens de passage. Mais toi, dans tout ça ? Qu'est-ce que tu crois ? Que la vie consiste à prendre tout ce que la nuit peut t'offrir sans faire de choix ? Dans le meilleur des cas, tu vas y rester. Dans le pire des cas, tu vas te défoncer éternellement.

Ric l'avait repéré dans un lounge bar à la fin des vacances. Gian était en débardeur, il était bronzé, lui avait adressé un signe de la tête. Le gosse était sûr de lui. Il avait pris quelque chose, peut-être des amphétamines, ses gestes étaient saccadés. À moins qu'il ait été très nerveux. Il l'avait bousculé en passant et s'était excusé à retardement. Il s'était éloigné puis était revenu. Avait demandé à Ric de lui offrir un verre. Le mec de Ric était aux toilettes ou parti faire un tour. « Tu es seul ? » avait demandé Gian, avant d'ajouter : « J'ai une de ces soifs. » Ric lui avait offert un Havana cola. Ils avaient bavardé un peu, très peu : Gian était trop agité. Il regardait autour de lui, peinait à aligner deux mots. Complètement perché. Peut-être qu'il faisait un bad trip, il n'arrêtait pas de poser des questions sur les gens autour de lui. Le mec de Ric était revenu. Il avait demandé : « C'est qui ? » Ils s'étaient présentés. Silence. « Merci », avait dit Gian. Et il s'était éloigné avec son Havana cola, en continuant de se cogner contre les gens sans s'excuser. Ric avait terminé son verre et proposé d'aller se balader sur la plage. L'appel soudain du désir. Son plus-un avait accepté. Il disait toujours oui. Ils étaient descendus au hasard vers une crique, un peu à l'écart. Ils ne s'étaient embrassés ni avant ni après. Ils avaient décidé de finir la nuit à La Troya. « *Hola Troyanos,* avait lancé la voix à l'entrée. *Bienvenidos a La Troya Asesina.* » Ils avaient commandé au bar. Ric avait envie d'un Havana cola. Il brûlait encore de désir mais ne l'avait pas dit. Il avait proposé de danser. Puis la nuit s'était terminée et les vacances aussi.

Ils étaient fatigués, leur avion était retardé, on ne pouvait jamais compter sur ces vols low cost entre la mythique Ibiza et l'aéroport d'une ville padane de taille moyenne. Sur le site de la compagnie, en page d'accueil, on choisissait le mois, et ensuite une date, en fonction des tarifs. À l'arrivée, l'économie était minime, c'était la loterie, un slalom entre petits désagréments et réels inconvénients. Bref: ça faisait chier.

Ric avait regretté de ne pas avoir choisi Alitalia. « Au moins, c'est une compagnie de chez nous. » Son plus-un lui avait répondu qu'il ne devrait pas croire tout ce qu'il entendait: « Alitalia, c'est de la merde et de toute manière ils ne proposent pas de vols pratiques vers Ibiza. » Ric lui avait dit de se calmer. Ils étaient tombés d'accord: « On s'en fout. » Enfin, ils avaient embarqué, les sièges n'étaient pas attribués, ils avaient trouvé de la place pour les bagages et s'étaient assis, résignés. Trois ou quatre rangées derrière eux, un groupe faisait un boucan monstre. Ils chantaient à pleins poumons, on se serait cru dans un enclos de bêtes maltraitées. Ric s'énervait et s'apprêtait à se lever. Mais il avait reconnu Gian, qui l'avait salué et s'était levé en donnant un coup de coude dans le nez de son voisin sans s'excuser, avait fait cinq pas dans le couloir central en riant, puis deux en titubant, avant d'atterrir avec la grâce d'un buffle boiteux sur le siège à côté de Ric. Il lui avait déversé le compte rendu de ses vacances. Ric avait répondu par quelques phrases de politesse. Impossible de parler avec quelqu'un qui a pris du crack. Ça n'avait pas l'air de déranger le plus-un de Ric, qui riait à toutes ses blagues et enchaînait les: « Mais non, j'y crois pas, waouh, incroyable, totalement dingue ! » Coincé entre les deux, Ric n'avait d'autre choix que de les écouter flirter. C'est qu'ils avaient presque le même âge. Il aurait pu être leur père, s'il n'était pas gay. Vingt minutes s'étaient écoulées depuis le décollage. Gian n'avait pas arrêté de parler, Ric avait épuisé son stock de formules toutes faites et s'en tenait à des « ah » ou « oh ». Gian avait proposé au plus-un de le présenter à ses amis, sans se soucier qu'il soit déjà pris. Le plus-un avait enjambé Ric, lui avait écrasé une phalange. Ric était resté indifférent. Les deux avaient remonté l'allée centrale et s'étaient arrêtés à hauteur des amis gueulards. Ric avait fermé les yeux en se disant : j'aimerais bien dormir. Et avait pensé : quel pot de colle ce type. Il avait pensé aussi : dommage, pourtant, il a quelque chose. Sûrement parce qu'il était jeune et bronzé. Pendant ce temps-là, le bordel continuait derrière, mais s'était un peu calmé : Gian et le plus-un de Ric s'étaient enfermés dans les toilettes.

8

Un jeudi, Gian est à la boutique. Il pleut, les soldes ne marchent pas fort. Les seuls à avoir acheté quelque chose sont les employés, un amant par-ci par-là, quelques hétéros curieux entrés pour jeter un coup d'œil et qui seraient bien ressortis avec le numéro du vendeur.

Lui vient l'idée d'appeler un fuck friend qu'il n'a pas vu depuis un moment. Celui-là a toujours des plans, des dîners, des fêtes. Peut-être qu'il aura un truc à lui proposer.

Le fuck friend répond, comme prévu. En reposant le téléphone, Gian regarde l'heure. Quatre heures moins quelque chose. Foutue myopie. Le monde, au-delà d'un mètre et demi, est un mystère quasi complet, un magma confus. Cette journée n'en finit pas. Il se dirige vers la réserve et laisse la porte entrouverte : il suffit de s'éloigner pour qu'un client débarque. Bref, Gian entre dans le cagibi et se fait un rail. Juste comme ça. Parce qu'il trouve le temps long. Et puis il a une de ces envies de dormir. C'est l'ennui. Et d'être rentré à 5 heures du matin de l'OOO, l'Out Of Order. Après une séance SM. Il s'en est tapé un sur le sling. Le type était suspendu dans les airs, les chevilles coincées dans les chaînes. En entrant dans la pénombre, Gian n'avait pas pu s'empêcher de penser que tous les trous se ressemblent. Sauf les très blanchis ou les très déformés, évidemment. N'empêche que pour le fist fucking faut avoir la vocation. Il réservera un soir. Pour voir. Pendant qu'il y réfléchit, il sniffe. Coup de speed. Ça réveille. Il se sent beaucoup mieux. Il remballe et repart en boutique. Un client est entré. CQFD.

Il a l'impression de l'avoir déjà vu quelque part. Beau mec, plus de quarante-cinq ans, beaucoup plus même. Pas mal. Il cherche une chemise à col français, hésite un instant sur la taille. La chemise est d'un bleu profond. Ils échangent quelques plaisanteries, le client paie avec une carte Gold et s'en va.

Quatre heures moins quelque chose : un peu de temps a passé, mais il reste encore plusieurs heures. Cette journée est interminable. Gian envisage de se refaire un rail. Non, il n'aura pas assez pour tenir à ce rythme jusqu'au soir. Le problème, c'est qu'une fois qu'on a commencé on ne peut plus s'arrêter. C'est comme pour le Coca. Il avait à peine déménagé de chez sa mère qu'il s'était acheté des bouteilles d'un litre et demi et les avait bues au goulot. Il en avait descendu quatre en moins de trois jours. Six litres. Il était devenu une machine à rots. Et avec tout ce sucre et cette caféine dans le sang, il avait dû faire une croix sur le sommeil. Au deuxième épisode de tachycardie sévère, il avait commencé à se demander si sa consommation n'était pas excessive. Il fallait se calmer un peu. Il écarte l'idée de se refaire un rail et ferme la réserve.

Tant bien que mal, la journée se termine.

À 20 heures, il est chez lui. Douche, vêtements propres. En poche : pièce d'identité, clés, téléphone, mouchoirs en papier, lubrifiant. Il hésite à emmener quelques préservatifs, mais le fuck friend préfère faire d'autres trucs parce qu'il est marié et ne veut pas ramener de maladies à la maison. Donc, il est prêt.

Ils ont convenu de se retrouver à 21 heures, et à 21 h 20 ils sont en train de dîner. Ensuite, ils se rendent à une fête au club machin, qui inaugure un truc quelconque avec des starlettes seins nus, des miss locales au corps recouvert de body painting pour ressembler à des papillons, de jeunes génisses des prairies du Pô paissant dans leur tenue de soirée parfaite, celle du grand amour, avec voiture de sport et argent liquide. Digne d'un cirque sous chapiteau : échassiers à plumes, artistes huilés et serveurs dont il est presque certain de leur être passé dessus. Le buffet se compose à 80 % de choses blanches et insipides et à 20 % de choses très colorées et archi savoureuses.

Accoudé au bar, il commande un Havana cola et une bière pour le fuck friend. Un mec en chemise bleue approche. C'est celui de la boutique. Gian le salue et lui confirme qu'il a bien fait de l'acheter.

« Toi aussi tu es membre du club ? »

Gian répond que non, qu'il est ici avec un ami et ne sait même pas ce qui se passe.

« C'est pour l'ouverture d'une salle de sport, dit la chemise éclatante.

— Ah », répond Gian, histoire de clore le sujet lieu. Et il poursuit : « Je voulais te demander tout à l'heure… on se serait pas déjà rencontrés ? »

Il envisage l'hypothèse de se l'être fait quelque part. Puis l'écarte aussitôt. Pendant un instant, il regrette d'oublier les visages aussi rapidement. Ce dont il se souvient des hommes qu'il fréquente – poilus ou pas – ne les distingue pas vraiment les uns des autres.

« Si, je crois, répond la chemise parfaite.

— Il me semblait bien… » Aller plus loin sur ce terrain

pourrait mener à des détails dont ils ne souhaitent pas se rappeler. Il opte pour un silence prudent. «… mais je ne me souviens pas où.»

Voilà. L'affaire est réglée. Et il n'y a pas de danger, puisque s'ils avaient baisé, le col français se souviendrait de lui. Ce n'est pas pour se vanter, mais c'est la vérité. L'expérience l'a montré.

C'est l'heure des présentations.

«Moi, c'est Gian.

— Enchanté, Giorgio, mais tout le monde m'appelle Ric.»

S'ensuit une conversation de cocktail: Tu viens d'où? Tu fais quoi dans la vie?

Ric dit: «Je suis hairstylist, j'ai un salon à la sortie de la ville.»

Gian repère du coin de l'œil le fuck friend qui s'éloigne avec un type. On ne peut jamais compter sur les hommes mariés en permission. Il termine son Havana cola et attaque la bière. Ric commande une deuxième vodka Red Bull. Ils sortent fumer une cigarette.

Gian dit: «Et si on allait chez toi?»

«Bel appart», dit-il en entrant.

Ils baisent. Puis Ric prépare du café. Ils parlent de leur travail, sans entrer dans les détails. Gian se plaint de ne plus supporter le sien, aimerait quelque chose de plus stimulant, être en contact avec les gens, pourquoi pas apprendre un métier. Brusquement, tandis qu'il remue le sucre dans sa tasse, Ric prononce ces mots: «Pourquoi tu ne viendrais pas bosser avec moi?»

9

Le vol du retour, au lendemain de leur dîner à Londres, est un peu agité. Un vol low cost Londres-Padanieland. Décollage au cœur du monde civilisé en Angleterre et atterrissage en pleine dépression économique dans la brumeuse vallée du Pô, dans l'un des nombreux terminaux italiens qui incitent à se demander naïvement pourquoi l'Italie possède autant d'aéroports alors que tous sont petits, coûteux, désorganisés, inaccessibles en métro ou en train, avec des croissants infects, des parkings trop chers et des duty-free médiocres.

Gian s'assoit, Ric se lève.

« Attention, ma veste ! Tu l'écrases.

— C'est moi qui te l'ai offerte, qui te la lave et qui te la repasse, alors si je veux je peux même la brûler, ta putain de veste. »

Ce sont les deux seules phrases qu'ils auront échangées au cours du voyage. Ric réfléchit à la possibilité d'abandonner son compagnon au triste sort que réserve l'interminable navette. Une heure de supplice, après quoi il faut encore rejoindre la gare routière à pied, de nuit, à lutter contre la fatigue, le vent qui détruit son brushing impeccable. Il l'imagine avec ses petites chaussures glissantes, sa valise à roulettes Philippe Starck et la housse de veste qu'il n'a même pas ouverte. Inutile de lui demander pourquoi il l'a emportée sachant qu'il ne la mettrait pas, Ric en était sûr, il le lui avait dit mais Gian ne l'écoutait pas. Et pour finir le bus interurbain, sans titre de transport parce que le guichet serait fermé et que la machine n'accepterait plus les espèces, avalerait sa carte et que ce serait trop simple de pouvoir acheter un ticket depuis son portable. Il monterait dans le bus en fraude l'air de rien, mal à l'aise dans sa tenue chic, sans un rond. Le regard vicieux du chauffeur qui lirait la peur dans ses yeux et attendrait avec impatience l'arrivée surprise du contrôleur, son sinistre complice. Le départ saccadé du véhicule vers le crépuscule. Les feux tricolores, les coups de frein, les dépassements, les jurons mâchés par le chauffeur qui voit des pédés partout et qui, pour mieux exprimer sa haine, les menace des pires châtiments corporels. Gian à qui la puanteur des sièges donne la nausée, ces sièges couverts des inscriptions LAURA+LUCA4EVR ou JEVEUXTE LECHER###APPELLEMOI30248672666. Lui et son estomac fragile qu'un rien suffit à retourner. Une rafale de vent, un brin de contrariété, un courant d'air froid. Un estomac au creux duquel s'accumulent ses émotions et ses faiblesses, que seul Ric sait apaiser. Résultat? Arrivée dans un état d'épuisement physique et psychologique, accompagné d'un éventuel jet de vomi dès qu'il descendra du bus. Ric fantasme toutes ces choses, mû par un désir sadique irrésistible. Il veut l'humilier, lui donner une leçon. Le gamin a besoin de grandir. Je ne peux pas toujours m'occuper de lui. Il est temps qu'il apprenne à se débrouiller seul.

Après les aveux de Gian au dîner de la veille, Ric s'est soudain rendu compte qu'il n'aimait pas la personne qu'il avait en face de lui. Mais Ric n'est pas encore prêt à reconnaître sa part de responsabilité dans l'échec de ses relations.

Ric souffre clairement du syndrome de la Croix-Rouge. Et puisqu'il ne consulte aucun psychologue, analyste ou psychiatre, personne ne peut poser de diagnostic sur sa vraie nature. Ric aime qu'on le tienne à distance et qu'on le rejette. Ce qu'il donne, en amour, c'est du réconfort en échange de longs silences chargés de dédain. Quand Ric rêve de faire l'amour en travesti, il s'imagine vêtu d'un costume de Candy, assorti de sa perruque blonde à couettes bouclées. Puisque Candy n'a pas de pieds, mais deux tubes à la place des jambes, Ric aime porter des chaussures d'au moins une pointure en dessous de la sienne. Il se bande les pieds pour comprimer ses orteils. Dans la peau de Candy, il se voit tailler une pipe interminable à Terry pendant que celui-ci regarde l'horizon de sa vie, cheveux au vent.

Gian a interrompu ses aveux quand le serveur est arrivé avec les desserts. Il avait prévu de dire à son homme qu'il ne l'aimait pas et qu'il le quittait. Mais il s'est abstenu, songeant qu'il était plus simple de faire ce qu'on voulait sans rendre de comptes à personne. Il s'est efforcé de retenir sa colère et sa haine. Un effort énorme. Résister à la tentation de lui déverser son mépris était si gratifiant qu'il a mordu dans son gâteau au chocolat en grognant de plaisir. Ric a joué avec sa mousse de mandarine au thé vert, a goûté la crème puis abandonné la cuiller. Le dîner était terminé. Dieu merci.

De retour à l'hôtel : douche pour Gian, fellation de huit minutes, douche pour Ric qui en a profité pour se masturber car il n'avait pas joui ; Gian dormait de son côté du lit, près du radiateur, quand Ric est revenu dans la chambre, il a éteint la lumière et fixé le plafond dans l'obscurité en se demandant pourquoi. Comme aucune réponse ne lui venait, il s'est dit qu'il l'avait peut-être un peu cherché, et qu'il s'en sortirait bien cette fois encore, peut-être même mieux que d'habitude, puis il s'est endormi.

Le voyage est chaotique. Tout le monde se dispute. C'est du moins l'impression qu'ont nos deux passagers. À quelques rangées d'eux, un couple. Le mari dit « tu me casses les couilles » en mimant une orchite dont il ne peut décrire la grosseur qu'avec les mains. La femme le regarde, visiblement mécontente, la bouche en forme de bec d'oie et les pommettes remontées jusqu'aux oreilles. Ric la fixe pour voir si c'est nerveux ou si elle a vraiment subi l'opération consistant à prélever un lambeau de cuir chevelu et à étirer la peau du visage en excès. Autant cacher la poussière sous le tapis ou coincer un drap sous une montagne d'oreillers. La fille garde cette expression et Ric se laisse distraire. Devant lui, deux enfants se tirent les cheveux sans que les parents interviennent. Encore devant, un homme un peu grincheux s'agace que la dame à côté de lui soit en train de manger. Est-ce parce que la nourriture de celle-ci le dégoûte ou parce qu'elle en met partout? Il n'arrive pas à savoir. Deux rangées plus loin, un groupe d'amis très bruyants se remémore son week-end londonien. Ric se livre à des estimations : deux d'entre eux flirtent ostensiblement, ils ont peut-être même eu une liaison ces derniers jours mais il ne faut pas que ça se sache ; deux autres sont en couple depuis longtemps ; l'un est gay et ferait mieux de l'admettre, sa fiancée semble sincèrement amoureuse, la pauvre.

Gian regarde par le hublot. Il sait que Ric est en train de passer en revue l'avion et sa faune. D'ordinaire, Ric lui fait un rapport complet, assorti de commentaires. Il adore ça. Il observe les situations, en décortique les mécanismes avant de se demander pourquoi. C'est comme ça que Ric fonctionne : il s'arrête à la question, sans jamais y apporter de réponse. Au début, Gian se disait qu'il devait être très intelligent pour voir les choses avec tant de lucidité. Puis il en a eu assez de son cynisme. Il voulait passer à autre chose.

Le vol est court mais pesant, chargé de non-dits. L'atterrissage ne se fait pas en douceur. Les roues touchent la piste dans un bruit sourd. Les amortisseurs sont nases. L'avion ne s'est pas encore arrêté que Ric et Gian rallument simultanément leur portable, retrouvant chacun le monde virtuel qui leur permet de souffler. Celui de Ric gazouille des notifications. Celui de Gian clignote sans un bruit ni une vibration. Le steward arrive, très classe. Il s'arrête à leur hauteur et les regarde.

« Vraiment ? » demande-t-il.

Il est sérieux, ne hausse pas le ton. L'avion est plongé dans un silence coupable.

« Vraiment ? »

Tous attendent une réponse, même si la question n'en est pas une.

Gian et Ric demeurent tête baissée, tels des enfants pris sur le fait, du Nutella plein les doigts, le pot cassé en mille morceaux couverts de chocolat éparpillés sur le sol. Ils rougissent. De honte. L'avion tout entier les regarde. Ils éteignent leur téléphone pendant qu'une voix enregistrée leur chantonne *Goood-bye.* Les yeux toujours baissés tandis que le steward s'éloigne.

10

Fausto est parti longtemps. Une agonie qui paraissait sans fin. Tout le monde a soupçonné l'existence d'une autre femme, même s'il est resté correct vis-à-vis de la sienne en ne donnant aucune version officielle de l'affaire, aucun détail, et en ne répondant pas aux ragots. Il a eu beau essayer de préserver l'intimité de la famille, les rumeurs ont été assourdissantes. Si les clichés existent, c'est parce que trop de gens tombent dedans. Et ç'a été un calvaire.

Teresa s'est enfermée chez elle pendant plusieurs mois et ne voulait plus en sortir. Elle macérait dans la honte et l'angoisse, se demandait ce qu'elle avait fait de mal, si elle aurait pu le retenir. Elle ne lui a jamais posé de questions, elle ne s'intéressait pas aux détails de cette liaison à l'issue fatale. Aucune femme mariée normalement constituée ne s'intéresse aux amours de son mari. Par ici, on cultive l'art de faire comme si tout allait bien.

C'est ainsi que les choses fonctionnent, du moins en apparence. On ne cherche pas à savoir : l'important est que le mariage tienne, immuable, granitique, que les années passent sans qu'il s'effondre, jusqu'à ce que la mort nous emporte vers un même tombeau. Quel genre d'épouse réclame le décompte de ses cornes ? Les plus jeunes, peut-être. Au début, les premières années du mariage. Mais une fois que la maison est achetée, le prêt contracté, que le garage a commencé à se remplir et que les enfants sont là, à quoi bon protester. S'il est parti puis revenu, il repartira sans cesse et reviendra toujours. Et n'ayez crainte, ma petite dame, dans quelques années plus personne ne voudra de lui. Je connais mes droits, en tant qu'épouse, même ceux qui ne sont pas écrits dans le code de la famille. L'alliance que je porte au doigt est tranchante comme un couteau qui sépare le monde en deux : d'un côté les étrangers qui feraient mieux de s'occuper de leurs affaires, de l'autre ceux qui, en essayant de prendre ma place, ont cessé d'exister.

Voilà ce qui s'est passé : Fausto a rencontré une femme et elle l'a ensorcelé.

Les détails importent peu. Il n'est nullement question ici d'attachement sentimental, mais d'une opportunité à saisir, quand s'ouvrent de nouveaux marchés à l'échelle européenne où faire fructifier son capital érotique. Quel entrepreneur, voyant ses profits baisser considérablement sur un marché saturé, n'aurait pas délocalisé son activité principale ? Face à une baisse de productivité, y compris dans la chambre à coucher, le vrai mâle n'abandonne pas : son indice doit remonter à tout prix, et rester au plus haut.

Fausto entre en scène dans le rôle, trop souvent joué, de la victime parfaite de prostituées importées de pays à faible pouvoir de négociation. Dans cette vaste entreprise qu'est la vie, Fausto voit la balance du pouvoir pencher de son côté, aidée du poids de son narcissisme, et croit partir avec un net avantage érotico-sentimental. Illusion entretenue par le dumping attractif que toute bonne épouse a appris à identifier mais serait bien en peine d'empêcher, tant les concurrentes venues de l'Est qui le pratiquent sont notoirement rusées et déloyales. De leur côté non plus, il n'est pas question d'amour. Elles s'immiscent dans les foyers respectables de familles sans défense, au pouvoir d'achat à peine supérieur à la moyenne établie par l'Istat[1], et sous prétexte de se soustraire à la misère et à la violence elles tournent le dos à leurs propres enfants – qui à chaque retour les reconnaissent un peu moins. Elles feignent de prendre soin des personnes âgées et des pulls en cachemire, de l'argenterie et du parquet. Peu à peu, elles deviennent la maîtresse de maison, celle qui s'occupe de tout le monde en courbant l'échine. Et un jour, elles deviennent celle qui ne repasse plus, ne nettoie plus, ne cuisine plus, à qui il reste beaucoup de temps pour s'ennuyer et ennuyer les autres, râler, sortir, faire une scène en rentrant, celle qui donne les ordres et devient le deuxième homme du foyer. Or depuis que le monde est monde, il n'y a pas de place pour deux hommes dans une même baraque.

Dans le cas qui nous intéresse, la dame en question est employée de maison dans le village voisin, elle sort et fréquente les bars, c'est là que Fausto et elles se sont rencontrés. Ils ont parlé, et puis un soir elle lui a fait une petite gâterie. Elle est aussi douée que ses amies, s'est vanté Fausto en ricanant, le soir même, car le mâle blanc qu'il est, padan, léguiste et viril, né sous les bombes ou presque, est toujours au rendez-vous pour les vêpres qui ont lieu dans chaque bar de village, et où invocations et blasphèmes fusent librement au-dessus des parties de cartes.

Fausto découvrait la passion, le bonheur, la transgression et la vitalité : naturellement, il a perdu la tête.

1. L'Institut national de statistique, équivalent de l'Insee en France.

Ils ont commencé à se voir en cachette. Il s'inventait des obligations professionnelles. Ce n'était pas difficile : rendez-vous à l'extérieur, appels en renfort dans d'autres usines, conférences, contrôle strict des nouvelles recrues, parties de tennis plus pizza plus tournées de digestifs entre amis, deux ou trois week-ends en montagne pour aller aux champignons, une partie de pêche au gros, un stage de perfectionnement à la conduite de l'autre côté de la frontière où il est préférable d'emporter beaucoup d'argent liquide, des conneries de ce genre inventées par le presque sexagénaire en pleine forme, et quelques autres concoctées en groupe, pour le distraire de l'impasse conjugale.

Plus sa liaison perdurait, plus une nouvelle vie s'offrait à lui. Et pour cause. Avec elle, il sortait dîner. Au dîner, ils buvaient, elle plus que lui. Après dîner, ils se trémoussaient sur la piste de danse puis dans la chambre. Envolée, l'ombre des enfants et des responsabilités, des choses qui ne se font pas ou pour lesquelles on a passé l'âge, les « ça me fait honte », les « tu veux vraiment que je fasse ça ? » et les « je ne vois pas le plaisir là-dedans ». Désormais la jupe ne descendait jamais plus bas que le genou, le pull laissait entrevoir la dentelle sur la poitrine, la culotte était transparente et si fine qu'il suffisait de l'écarter. Rien ne lui semblait réel, il avait l'impression d'être quelqu'un d'autre.

Puis il rentrait chez lui où les choses qui ne se font pas avaient déjà été faites, et laissaient la place à la honte, au sens du devoir, à la culpabilité : toute la panoplie, qui lui perforait le crâne. Impossible d'en parler. Mieux valait ne pas y penser et continuer à avancer comme si de rien n'était.

Après tout, ça roulait plutôt bien. Il ne pouvait rien arriver de grave. Il avait une double vie, et alors ? Tout le monde en avait une. La seule différence, c'est que sa deuxième femme à lui était mieux que les autres : elle ne lui demandait pas d'argent pour faire l'amour. C'était lui qui payait les dîners, c'est vrai, mais c'était par galanterie.

Ça a duré neuf ans.

Fausto a pris son temps car il n'avait pas envie que les choses changent, pourtant il était tombé immédiatement amoureux, comme un gamin. Le besoin, l'envie d'être ensemble ont fini par prendre le dessus. Que se passe-t-il, on fait quoi ? J'ai une idée : « Viens en vacances avec nous, c'est moi qui invite. » Ainsi, sept ans après le début de leur histoire, il l'invitait à Roseto degli Abruzzi. Hôtel trois étoiles, pension complète, parasol 36, chambre 36. « Mon âge », a-t-elle dit. « C'est vrai au moins ? » demanda Fausto. Ils ont eu un rire gêné, ne sachant ni l'un ni l'autre s'il fallait prendre sa question comme une blague. Le mari en crise et la maîtresse ukrainienne, comme de nombreux couples sortis du même moule, étaient officiellement amants.

L'été a passé et personne n'a remarqué ses absences. Il s'est révélé grand marcheur, chef de famille bienveillant quittant la plage de bonne heure pour aller faire des achats improbables, pêcheur nocturne, et même lecteur matinal de journaux au bar de l'hôtel jusqu'à l'heure du déjeuner. Tout allait pour le mieux. La femme du parasol 36 et mamma Teresa ont même fait un peu connaissance. Elle lui a raconté qu'en Ukraine, la situation avait dégénéré, qu'elle était venue en Italie chercher une vie meilleure, et de l'argent pour sa sœur et ses neveux. Pour qu'ils puissent la rejoindre et faire des études. On ne vit pas mal en Italie. « C'est sûr, il y a beaucoup d'intolérance. Mais que voulez-vous ? C'est partout pareil en Europe. Les Français ne valent pas mieux. Les Anglais, n'en parlons pas. En Allemagne, ça peut même être pire. Bref, ici, c'est bien. Et puis, je ne pensais pas que ça m'arriverait, mais je suis tombée amoureuse. »

Mamma Teresa, presque émue, a fait semblant de s'en réjouir et lui a souhaité une nouvelle vie paisible et pleine de satisfaction. Quel bonheur, un nouvel amour, à son âge. Mamma Teresa n'était pas dupe, elle lui aurait donné dans les quarante ans, à l'Ukrainienne. Cinquante si elle ajoutait une pincée de cynisme. Et puis elle s'est redressée et s'est dit qu'elle aussi, après tout, était bien conservée.

Ce soir-là, Teresa et Fausto ont fait l'amour pour la première fois depuis des années. Dans l'air flottaient six ans de mensonges. L'Ukrainienne, elle, est retournée dans sa chambre et n'a pas mentionné à Fausto sa conversation avec Teresa. Ça aussi, c'était une bonne chose : elle n'était pas étouffante, n'exigeait rien. Le quotidien a repris son cours. Mais Fausto a commencé à faire le point et a constaté que sa deuxième vie battait la première, à plates coutures.

Ils ont continué de se retrouver le week-end, d'aller dîner, d'aller danser. Puis il y a eu cette soirée. Fausto et Teresa étaient dans le salon. Teresa repassait, plongée dans un nuage de vapeur, vêtue de sa robe de chambre aussi usée que la chose qu'elle avait entre les jambes. Un miracle que ça ne lui pende pas encore jusqu'aux genoux.

Fausto, sans penser à rien, a laissé les mots sortir de sa bouche, comme ça.

Ensuite, sans se retourner, il a rejoint la chambre avec l'intention de faire ses valises. Il voulait partir, mais au lieu de ça il s'est endormi. Ce jour-là et les sept suivants. Il a repris sa vie habituelle. De temps à autre il voyait Teresa, assise sur une chaise dans la cuisine, à verser des larmes silencieuses. Ou bien en train de coudre sur le canapé, le son de la télévision réglé au minimum. Pendant sept jours, la maison est restée plongée dans le néant. Il y avait un gouffre dans le salon, un canyon entre l'évier et la table, une dépression dans le couloir, une fosse devant les toilettes. Teresa et Fausto sombraient avec grâce, sans faire de bruit. Comme de nombreux couples sortis du même moule, ils jouaient les époux ordinaires, bien élevés et courtois : ils se haïssaient en respectant l'espace de l'autre. Un silence rancunier emplissait la maison.

Au bout de sept jours et sept nuits, Fausto s'est dit qu'il devait agir avant que cette nouvelle routine domestique s'installe et il a appelé l'Ukrainienne. Elle a réfléchi, puis lui a proposé de venir habiter chez elle. Cette fois, il a fait ses valises. Dans l'entrée, Teresa a piqué une crise d'hystérie. Fausto, qui venait d'ouvrir la porte, l'a refermée à double tour : si certaines choses s'entendent à travers les murs, on ne doit pas les laisser sortir, surtout pas sur le palier. Teresa a hurlé qu'il ne pouvait pas partir, qu'ils avaient partagé tant de choses, qu'il était en train de foutre en l'air leur mariage. Puis elle a fait semblant d'avoir cette petite merdeuse devant elle, de la tuer, de l'égorger comme une truie. Elle lui fracasserait la tête si elle la croisait. Et si elle les voyait ensemble, elle leur réglerait leur compte, leur foncerait dessus en voiture, parce que oui, elle avait le permis même si elle n'avait jamais conduit. Elle les retrouverait et leur fendrait le crâne à tous les deux, avec un marteau pour lui, sur le rebord de l'évier ou des toilettes pour elle, avant de jeter leur cadavre dans un fossé. Enfin elle a dit : « Je t'aime, je t'aime encore. » Elle lui a demandé si ça ne comptait pas pour lui ; tout en le disant, elle s'est jetée sur sa braguette et, désespérée, a essayé en vain de l'ouvrir. Elle avait oublié de déboucler la ceinture, alors elle a laissé tomber. Fausto aurait voulu lui dire que si, ça comptait, mais il en était incapable : ce n'est pas le truc des hommes, de parler de leurs émotions. Et puis qu'y avait-il à expliquer ? Ce n'était pas comme s'il voulait divorcer, la couvrir de honte ; il s'en allait, tout simplement. Ils restaient mariés, elle restait son épouse, gardait son nom de famille, sa maison, son argent. Teresa a fini par s'agenouiller et le supplier, accrochée à ses jambes : « Ne pars pas, tu ne peux pas partir, reste, je t'en prie, reste, je t'en prie, reste, je t'en prie. »

Non, il n'en est pas question. Le sujet est clos, a décidé Fausto, en vérifiant d'abord que personne n'était apparu sur le palier pour les épier. Puis il est sorti d'un pas décidé et a refermé la porte derrière lui, par décence : pas la peine que les voisins voient Teresa dans cet état. Tant que personne ne la voyait, tout demeurait comme avant. Leurs affaires étaient leurs affaires. Aux yeux du monde extérieur, il ne s'était rien passé. Il avait fait son devoir : il avait attendu qu'elle explose dans un mélodrame excessif, avait fait en sorte que rien ne fuite de l'appartement, ne l'avait pas contredite tandis qu'elle passait de la colère aux menaces, était resté pendant qu'elle pleurait, se lamentait, perdait toute dignité, il avait attendu qu'elle ait fini sa tirade légitime d'épouse abandonnée, avant de prendre sa valise et de partir rejoindre l'Ukrainienne.

Dix jours plus tard, ils étaient en Ukraine.

Il avait une nouvelle vie.

Au bout de quelques mois, il rachetait une activité : un restaurant.

Pour l'ouvrir, il fallait débourser quarante-cinq mille euros : achat de la licence et autres bricoles.

Pour lancer l'activité, neuf mille cinq cents euros : couverts, premières commandes, vins et fournitures diverses.

Pour sa chérie, quelques milliers d'euros : une voiture, des vêtements, une bague et un abonnement chez le coiffeur.

« Il manque encore un permis compliqué, a-t-elle dit.

— C'est long à obtenir ? » a demandé Fausto.

Elle a fait une moue qui voulait dire : « Très long », puis a lancé : « Au moins trois ans, peut-être cinq. »

On pouvait accélérer les démarches en se mariant, ce qui supposait de divorcer. Teresa n'accepterait jamais. En Italie, on peut obtenir le divorce après sept ans de séparation. Mais Fausto n'était pas certain de vouloir. Partir avec une autre, c'était une chose, l'officialiser par écrit, c'en était une autre. Trop long, trop compliqué : d'un commun accord, ils ont mis le restaurant au nom de l'Ukrainienne, même si Fausto ne faisait pas mystère de sa conviction que les femmes ne devraient pas travailler. Ça lui paraissait clair : une femme qui travaillait prenait la place d'un homme. C'est pour ça que les choses allaient mal. Il n'y avait qu'à voir le pays d'où elle venait : un pays d'alcooliques et d'enfants abandonnés depuis que les femmes s'étaient toutes mises à travailler. Elle lui donnait raison tout en passant des journées entières à décharger, trier, ranger, visser, raboter, peindre, frotter, faire les finitions.

Au bout de deux ans, l'activité était lancée et Fausto était très heureux.

Au bout de deux ans et sept jours, l'Ukrainienne lui a préparé ses valises qu'il a retrouvées devant la porte.

Fausto s'est pointé au restaurant, en a revendiqué la propriété et l'a traitée de pourriture. L'Ukrainienne avait embauché un nouveau serveur d'une trentaine d'années, plutôt costaud, qui a déambulé dans le restaurant sans que personne n'ait l'idée de les présenter et qui, très vite, est intervenu pour calmer l'Italien qui braillait. Lorsque Fausto a semblé s'être adouci, l'Ukrainienne lui a dit de rentrer chez sa femme, qu'elle ne l'aimait plus.

Fausto a compris que cette fois il s'était bien fait avoir.

Il avait tellement honte que le soir, à l'hôtel, il a songé au suicide. Il a avalé quelques pilules qu'il a fait passer avec de l'alcool. Ce qui a déclenché une diarrhée irrépressible et une fièvre monumentale. Il a revu Teresa en larmes sur le pas de la porte et a décidé de rentrer chez lui. Elle le reprendrait peut-être. Après sept jours à l'hôtel, après la fièvre et la diarrhée, il a pris une douche, s'est fait couper les cheveux, a réservé un billet d'avion et il est reparti pour l'Italie. Il a loué une chambre dans une petite pension modeste, suffisamment en retrait des rues principales d'Ogno, puis un lundi, à 10 heures, il s'est présenté chez Teresa avec un bouquet d'œillets rouges.

UN MOIS AVANT

1

«J'y crois pas. Il s'est passé autre chose.

— C'est écrit qu'elle s'est suicidée.

— C'est impossible.

— Parce que toi, tu sais, bien sûr.

— Te fous pas de moi, Gian. Il y a des choses que je sens, c'est tout.

— Et tu sens quoi, là ? Je t'écoute, le roi du sentiment.

— Toujours aussi agréable. C'était une très belle femme, elle pouvait avoir n'importe qui. Lui, non. Regarde cette tête.

— Qu'est-ce qu'elle a ? Il était plus jeune qu'elle. Et ça, si je peux me permettre, c'est un bon point, non ?

— Jeune rime souvent avec impulsif et inexpérimenté.

— J'imagine que je dois pas me sentir visé.

— On parlait de ce qui est arrivé. Arrête de toujours chercher la bagarre.

— Continue, ça vaut mieux.

— Ils ont trouvé de l'argent, beaucoup d'argent. Une fille comme elle ne se suicide pas. Crois-moi. Regarde-la, regarde ces yeux, cette peau, ces cheveux : elle était enceinte !

— Tu délires.

— Pas du tout. Elle était enceinte et lui avait quelqu'un d'autre. Ces gars-là ont toujours quelqu'un d'autre.

— Ah oui ?

— Il est Lion. Tu connais des Lion célibataires ? Ou fidèles ?

— Je dois toujours pas me sentir visé, j'imagine ?

— Évidemment que non. C'est pas comme si je croyais à l'astrologie. Quoique...

— Continue.

— Bref, il était avec une autre, de celles que tu emmènes déjeuner chez papa et maman le dimanche. Alors qu'elle, elle était super belle, ce qui lui permettait de bien gagner sa vie mais ne lui garantissait pas une place à table à Noël.

— Quel rapport avec le suicide ?

— Attends. Avec son connard de petit ami, ils se retrouvent, ils parlent de l'enfant, et elle se met à pleurer. Elle veut pas faire ça. Il insiste, catégorique. Alors d'une voix geignarde elle lui demande : "Tu ne m'aimes vraiment pas, même pas un peu ? Tu es sûr que c'est ce que tu veux ?" Et puis, brutalement, elle se rend compte qu'elle s'est mise dans le pétrin pour un mec dont il ne fallait rien attendre, pas même un peu de compréhension, et elle disjoncte. Seulement ils sont près de la balustrade. Elle a un mouvement de recul et...

— Et ?

— Elle glisse. Voilà ce qui s'est passé.

— Ben voyons. Et personne n'a rien vu ?

— Et pourquoi pas ? Il l'a poussée et il a pris la fuite. Tu l'as bien regardé quand il a ouvert la porte à la journaliste de Primo Canale qui venait l'interviewer ? Cet air d'enfant de chœur ; et sa petite tête tout émue ; les larmes de circonstance. Et l'alibi qu'il a fourni. Personne n'y croit.

— Moi, si.

— Tu crois toujours tout le monde.

— Non seulement t'es con, mais en plus t'es mytho. Puisqu'ils disent qu'elle s'est tuée, je ne comprends pas pourquoi tu refuses de l'admettre. Ça te sert à quoi de soutenir le contraire ?

— Elle a pas sauté. Ça colle pas.

— J'ai rien vu au JT. Sur YouTube non plus. Juste un immeuble de merde dans un quartier de merde. T'as rien d'autre à foutre que de cliquer sur des articles de merde dans ton fil d'actualité ? Et le pire c'est que tu continues d'y penser toute la journée. On devrait plutôt parler de ce que je t'ai dit ce matin.

— Quoi ?

— Comment ça, quoi ? Tu le sais très bien.

— Tu as dit ce que tu avais à dire, moi pareil, maintenant tu réfléchis.

— Un non, ce n'est pas un point de vue.

— …

— Je te répète ce que je t'ai déjà dit : je m'en vais. J'en ai marre de travailler pour toi, marre de cette relation. Ce salon m'a épuisé. Tu m'épuises. On arrête là.

— Oui, ça, tu l'as déjà dit.

— Tu me prends pas au sérieux.

— Je suis réaliste.

— Non, tu me prends pas au sérieux. »

2

Maicol est en retard, ça ne lui ressemble pas.

Barbie l'attend au pied de l'immeuble. Elle est rentrée tard hier soir après être sortie avec un photographe de mode. En tout cas, c'est comme ça qu'il s'est présenté. Il lui a donné le nom du magazine, de plusieurs même. *Vogue*, c'est sûr, ou peut-être *Vogue Sposa*[1].

Putain, je ne me souviens de rien. J'ai dû exagérer. Je sais ce que je lui ai fait dans la voiture. Je m'en souviens parce que je me suis cognée sur le levier de vitesses. Trois fois. J'étais mal installée : j'avais une main sur le frein mais je continuais de glisser. À un moment je l'ai même éraflé avec les dents. Un peu plus et je le mordais. J'ose pas y penser. J'ai ramassé une gifle et un : « Fais gaffe. » Ça aurait pu être pire. Ce matin, j'ai dû rabattre une mèche de cheveux sur l'hématome que j'ai sur le front. Marre de ces leviers de merde. Bon sang, dans quel état je suis. Et la journée ne fait que commencer.

Maicol arrive dans un crissement de pneus. Une voiture neuve. Sans déconner !

Il lance à Barbie : « Elle te plaît ? »

---

1. Déclinaison du magazine *Vogue* consacrée au mariage (arrêtée en 2017).

Elle répond par un grand sourire. La voiture est mortelle. Cinq portes, décapotable, jantes en alliage, intérieur sombre, système audio de dingue, carrosserie noire avec sérigraphie personnalisée.

« T'as fait mettre un M sur la portière avec des flammes ? »

Maicol répond que oui, tant qu'à faire.

Barbie monte en continuant de s'exclamer. Elle songe : Combien a-t-elle pu lui coûter ? Elle demande.

Maicol ne répond pas.

Barbie pense : Il a les moyens ? Elle demande : « Mais t'as les moyens ? »

Maicol dit qu'il ne faut pas regarder à la dépense quand on veut se faire plaisir. On ne va nulle part sans une voiture correcte. Un homme, un vrai, se reconnaît à sa voiture.

Barbie demande si ça vaut aussi pour les homos. Maicol répond que ça vaut double : pour se faire respecter à la lumière du jour et pour draguer à la nuit tombée.

Barbie insiste : « Où t'as trouvé l'argent ? »

Il ne veut pas en parler. « Réveille-toi ma grande, l'argent c'est has been, le monde a changé, c'est un outlet géant, le luxe c'est plus réservé aux riches, les gens géniaux comme nous peuvent avoir ce qu'ils veulent et paraître encore plus géniaux à l'extérieur ; bienvenue dans le monde virtuel, où même l'argent n'est plus en papier. Si tu sais où le chercher, tu peux tout avoir sans débourser un centime, au moins au début. Allez, fais pas cette tête, on pensera aux problèmes plus tard. Et puis, les dettes, ça conserve. »

Il démarre en trombe, Barbie se retrouve plaquée contre son siège. Maicol s'excuse, la regarde de plus près sous l'éclairage de chromothérapie installé dans l'habitacle et lui demande ce qu'elle s'est fait au front. Rien n'échappe à son œil de lynx. Barbie lui raconte sa soirée avec le photographe qui travaille pour les grands magazines et les défilés. Il lui a dit qu'elle était plus belle que ces grandes bringues de mannequins sans personnalité, sans style. Qu'elles étaient presque toutes connes et que pour être mannequin, il ne fallait pas un beau visage, ni des formes, sinon tu remplis trop les vêtements. Il fallait avoir le squelette d'un cintre. Avec des jambes. Que les mannequins n'étaient que des cintres sur pattes. Il lui a dit que les photos, c'était autre chose. Il fallait une belle fille qui émoustille avec un visage d'ange mais aussi un côté cochonne, sinon la photo n'attirait pas. Barbie était de celles-là. Il avait l'œil, il l'avait tout de suite remarquée et s'il avait flashé sur elle, tous flasheraient sur elle. Il suffisait que quelqu'un sache la mettre en valeur et la rende suffisamment provocante, mais belle en même temps.

Maicol lui demande si elle lui a montré ses seins.

« Obligée, répond Barbie. Pour voir si ma poitrine convenait au nu artistique. Tu sais, pour ça, il faut avoir le physique. Il a été top. Il m'a dit qu'il avait un ami médecin qui pourrait me l'arranger. T'en dis quoi ? Je crois que je vais y aller. »

Maicol lui demande à nouveau ce qu'elle s'est fait au front.

Barbie répond qu'elle s'est cognée.

Maicol lui demande si elle a pris un petit déjeuner.

Barbie lui dit qu'elle a trop bu hier, qu'elle a l'estomac à l'envers.

Maicol lui demande si elle a dîné hier soir. Puis si elle a pensé à manger tout court, hier.

Barbie lui dit qu'un tableau de bord comme ça, c'est la classe et demande : « Tu peux monter à combien ? »

« Je sais pas. Un soir où tu sortiras pas avec un mec qui veut faire de toi une call-girl de luxe, on ira sur l'autoroute et on poussera le moteur à fond. »

Lorsqu'ils arrivent au salon, le rideau de fer est déjà relevé. À l'intérieur, tout est sens dessus dessous. Les fauteuils ont été renversés. Les produits jetés à terre. Un miroir est fissuré. Le sol est recouvert d'une bouillie de cire, de shampoing et de liquides divers. Les affiches ont été arrachées et déchirées. Il y a des éclaboussures orange et collantes sur la caisse et sur la vitrine. Les tiroirs ont été ouverts, retournés, peignes et ciseaux éparpillés sur le carrelage. Par terre, deux pieds dépassent de derrière les bacs.

Maicol et Barbie avancent lentement, en se demandant ce qui a bien pu se passer, redoutant un braquage. Lorsqu'ils reconnaissent les pieds de Ric, une bouffée d'excitation les envahit à l'idée d'être les premiers témoins d'un meurtre.

Barbie dit : « On prend des photos et après on appelle la police. » Maicol réplique : « OK, tu t'occupes des photos, je fais une vidéo. » Ils dégainent leurs téléphones, identiques, à l'exception de la couleur : blanc pour Maicol, fuchsia pour Barbie. Puis les pieds se mettent à bouger et elle pousse un cri.

« Arrête de hurler, bécasse ! » dit Ric en essayant de se redresser.

Il est méconnaissable. Les yeux gonflés, des cernes noirs, les cheveux collés, la chemise souillée. Il se relève en poussant un grognement de vieillard, râle tout bas, jurant et marmonnant des phrases incompréhensibles.

Il bouscule Maicol et Barbie qui, déçus, rengainent leur portable. Eux qui savouraient déjà leur arrivée sur la place principale à bord de la voiture neuve pour montrer au premier venu les images du braquage avec homicide. Barbie aurait dit à Teresa de garder les journaux car elle allait devenir célèbre. Elle se serait fait photographier devant le salon, en tenue de travail mais tellement bien maquillée qu'elle paraîtrait belle au naturel, rien que de l'eau et du savon, comme les vraies stars. Un léger trait de gloss pour sublimer ses lèvres trop fines. Et puis les chaînes de télévision dépêchées sur place l'auraient interviewée et on l'aurait vue dans tous les JT. Elle aurait tapé dans l'œil d'un metteur en scène qui lui aurait proposé de passer un bout d'essai pour son prochain film. Un second rôle, mais très sexy, celui d'une séductrice en apparence innocente qui bouleverse l'équilibre entre les protagonistes. Ou alors un présentateur télé, au flair infaillible pour dénicher les futures stars, l'aurait appelée pour faire d'elle son assistante à l'écran, et tous auraient vu combien elle est belle et adorable. Elle se serait ensuite fiancée avec lui et ils seraient restés en couple pendant toute la durée de l'émission : après lui avoir ouvert les cuisses il lui aurait ouvert les portes du beau monde. Elle serait entrée comme une grande dame dans les salons et aurait passé les étés à bord d'un yacht. Elle aurait eu une nouvelle poitrine, généreuse, qu'on aurait vue dans les magazines. Les paparazzi l'auraient mitraillée sur le yacht au large des plus belles côtes italiennes et elle aurait fait un max de shopping de luxe. Puis elle serait devenue l'amie des stars et deux ou trois ans plus tard on lui aurait demandé de participer à

L'Isola dei famosi[1], ou une autre émission de téléréalité, peu importe. Elle serait allée à l'étranger, en France, aurait rencontré un acteur, beau, un aimant à paparazzi, fantasme de toutes les femmes, et ils se seraient mariés.

Teresa aurait bien fait de se préparer car ç'aurait été le début d'une vie de strass, paillettes et célébrité. Pas comme la sienne, à servir de boniche à un raté. Pas question de laver le linge sale d'un type parti faire sa vie dans son coin avant de revenir, pas question de continuer de dire oui à tout.

Les femmes peuvent commander autant que les hommes, à condition que chacun connaisse sa place : monsieur à l'extérieur et madame à l'intérieur. Pas seulement l'intérieur de la maison : il faut être à l'intérieur de l'homme lui-même, dans son cœur, son pantalon, et surtout dans sa tête. Un mâle, il faut le commander sans qu'il s'en aperçoive pour qu'il t'emmène là où tu veux arriver. Ce n'est pas derrière chaque grand homme qu'il y a une grande femme : c'est en lui. Comme ça, avant de faire quoi que ce soit, il se demandera si tu es d'accord, s'il le fait pour toi, s'il en fait assez pour te rendre heureuse. Les hommes ne sont pas comme nous : il faut leur donner le sentiment de nous être indispensables, de nous être vraiment utiles, sinon ils partent, comme Fausto. Il faut les habituer à ce que nous, les femmes, nous occupions des bricoles, sachions mettre de l'ordre, veillions aux repas et à leur santé, et autres bêtises de ce genre. Pendant ce temps, ils se passionnent pour l'argent, leur carrière, l'autorité. Mais au fond d'eux, ils le font toujours et uniquement pour nous. L'incapacité de se suffire à soi-même, c'est le secret d'un mariage qui dure.

---

1. Version italienne de *The Island : Célébrités.*

Une vie de domestique, voilà ce que méritent les femmes comme Teresa qui ne lèvent jamais la tête. Barbie ne veut pas d'un avenir comme celui-là.

Cette ville est un endroit de merde : toujours les mêmes têtes, les mêmes maisons, les routes sèches en été et boueuses le reste du temps, l'odeur rance du moût en septembre, la fumée toxique des poêles en hiver, la puanteur des engrais dans les champs au printemps, l'exhalaison des eaux stagnantes dans les ruisseaux au mois d'août. Comment peut-on vouloir vivre dans une région où les saisons sont rythmées par la puanteur ?

« Du fumier naissent les fleurs [1] », chante Teresa. C'est vrai aussi de tout ce qui pousse une fois que la chaleur a asséché les ruisseaux et qu'il ne reste que de l'eau croupie au fond des lacs assoiffés et dans les bassins artificiels. Barbie est bien placée pour le savoir, puisqu'elle est la fleur de ces terres fertilisées par la bouse de vache ; des vaches sacrées qu'on met à contribution à chaque procession et qui transportent sur leur dos les madones et les saints de la vallée, dont on se demande ce qu'ils bénissent pour qu'on y mène toujours la même vie de merde. Fuir, c'est la seule solution.

Mais une femme doit attendre qu'on vienne la chercher, parce qu'il y a des rôles à respecter. Quand c'est elle qui emmène un homme, ça finit mal. Il n'y a qu'à voir Fausto. Chassé à coups de pied, et il l'avait mérité. Un raté, voilà ce que Teresa tolère sous son toit. J'entends d'ici les vieilles du coin, aussi acides que du vinaigre oublié à la cave. Mon Dieu, quelle honte. Je me demande encore comment elle a pu ne s'apercevoir de rien. Toutes ces années :

1. « *Dal letame nascono i fior* », tiré de la chanson *Via del campo* de Fabrizio De André, qui raconte l'histoire d'une prostituée.

une montagne de mensonges et de fausses excuses, et elle a avalé le morceau, l'idiote. Et lui, qui a tout foutu en l'air pour un peu de bon temps avec une putain pire que lui. Ça lui apprendra. Et la Teresa, toujours à l'attendre. Dieu sait comme je le hais. Mais tout va changer. Demain, je rencontrerai la bonne personne, quelqu'un d'important qui m'emmènera loin d'ici. Enfin ! Va te faire foutre, Fausto, avec tous les autres, les losers sans couilles et les vieilles aigries.

Barbie ne pense pas : elle se triture les méninges, se creuse la tête, s'enfonçant dans ses propres rêves. Pendant ce temps, Ric s'est relevé, a baissé le rideau métallique, ordonné à Maicol d'y coller une affichette FERMÉ POUR TRAVAUX, avant de changer d'avis : FERMÉ POUR INVENTAIRE.

Et puis il dit : « Allez, on a du rangement à faire. »

Barbie demande ce qui s'est passé.

Ric répond : « Rien de spécial. »

Maicol demande où est Gian, s'il doit l'appeler pour venir donner un coup de main car ils en auraient bien besoin.

Ric répond que Gian s'est suicidé avec un tuyau de gaz qu'il s'est fourré dans le cul.

3

Ils avaient passé le reste de la journée à travailler. La discussion sur l'histoire de la suicidée-mais-peut-être-pas, en première page de toutes les feuilles de chou, s'était éteinte d'elle-même. Puis ils avaient baissé le rideau avant de rentrer chez eux. Gian avait besoin de parler, pas moyen de l'arrêter, de lui dire qu'ils en parleraient une autre fois, que ça ne méritait pas qu'on s'y attarde. Lorsqu'on prend un engagement, mon garçon, on le tient. Le temps où je m'occupais de toi et de tes caprices d'enfant est révolu. Tu ne te souviens pas dans quel état je t'ai trouvé ? Je t'ai offert un toit. Je t'ai sorti de la merde que tu t'enfilais du matin au soir et qui te détruisait la cervelle. Je t'ai enseigné un métier. C'est moi qui suis resté à tes côtés jour et nuit toutes ces années, qui t'ai donné un lit où dormir, qui l'ai partagé avec toi. Cinq ans, mon chéri, ça ne se jette pas à la poubelle sur un coup de tête.

Gian s'était contenté d'en remettre une couche, appuyant là où ça fait mal. Disant que Ric aimait jouer les bons samaritains, les bénévoles de la Croix-Rouge. Qu'être Taureau ascendant Taureau ne lui conférait en rien le droit de se croire toujours au-dessus des autres et de ne jamais prendre sa part de responsabilité. Que vivre en couple ne l'autorisait pas à faire de l'autre sa chose. Que

Ric était incapable d'aimer d'égal à égal, et qu'il en avait sa claque de l'entendre dire qu'il l'avait sauvé. Mais sauvé de quoi? Il aimait ça, la coke, il avait toujours aimé ça. Il n'avait jamais cessé d'en prendre: il la sniffait en cachette, voilà tout. Il ne pouvait pas rester avec un type qui ressemblait à son grand-père et se prenait pour sa mère. Qui le grondait dès qu'il remuait un orteil. Tu crois tout savoir sur tout mais la vérité c'est que tu sais que dalle. Tu vaux rien. T'aimes bien te faire prier, ça te donne de l'importance. Vous, les Taureaux, vous prenez plaisir à voir souffrir les gens qui vous sont proches; surtout si c'est votre faute. Écoute-moi bien: t'es pas un taureau de rodéo, t'es juste un pédé de village, et tout le monde sait ce que tu fais quand tu crois que personne te regarde. Et si j'avais pas été là le mardi, le jeudi et le samedi, parce que pour le sexe aussi, monsieur a ses petites habitudes – comme les vieux qui comptent le nombre de fois où ils pissent et vont à la selle pour être sûrs que tout va bien –, si j'avais pas été là, tu en serais où, mon trésor? Tu serais encore les jambes en l'air à supplier, attendant que quelqu'un ait pitié de toi. T'es pas un grand homme, t'es pas un héros, Ric chéri. T'es un pauvre pédé qui fait le coiffeur pour gagner sa vie et qui se fait enfiler les jours pairs et les dimanches de fête. Et seulement s'il a pas trop mangé.

Ric, piqué au vif, lui avait hurlé qu'il pouvait retourner faire la pute sur les boulevards, si c'était ce qu'il voulait. Qu'est-ce qu'il croyait, qu'il faisait bander le monde entier? Mais tu t'es regardé dans le miroir? Pathétique. T'es tout juste bon pour un routier qui se fait chier et qui s'arrête de temps à autre aux abords des péages. Et tu viens me dire que t'as quelqu'un d'autre. Mais qui voudrait de toi ? Une pute, voilà ce que tu es. T'es pas regardant : femmes, hommes, tu prends tout, pourvu qu'on te paie. T'es incapable de t'investir dans une relation parce que t'es incapable d'aimer.

Gian lui avait répondu que quand on aimait quelqu'un, on ne lui rappelait pas sans arrêt l'aide qu'on lui avait apportée à un moment difficile de sa vie.

Ric avait répliqué qu'il ne l'avait pas aidé : il l'avait sauvé. Sans lui, il serait déjà mort, défoncé comme un con.

Gian lui avait dit que ça suffisait, qu'il était temps d'en finir. Il s'était dirigé vers la porte, Ric l'avait arrêté.

« Tu vas où, là ?

— Je m'en vais.

— Chez qui ?

— Ça te regarde pas.

— C'est qui ? Je veux savoir.

— Tu le connais pas.

— Donc, y a quelqu'un d'autre.

— Ça fait des mois que je te le dis.

— Pourquoi tu me l'as caché ?

— Je te l'ai dit. À Londres, rappelle-toi.

— C'était il y a des mois. J'ai cru que c'était un coup d'un soir.

— Non, on s'aime.

— Impossible.

— Quoi ?

— Toi, tu ne tombes pas amoureux.

— La preuve que si. Allez, pousse-toi.

— Non, attends. On peut pas se quitter comme ça. »

À la porte, Ric avait attrapé les clés et avait saisi Gian par la main. Il l'avait traîné dans les escaliers, avec une telle force que Gian avait manqué de se casser la gueule. Ils étaient montés dans la voiture, Gian avait demandé :

« Où tu m'emmènes ? » Ric avait décidé de tenter le tout pour le tout et avait repris le chemin du salon de coiffure. Devant le rideau de fer, Gian lui avait demandé pourquoi il l'avait amené là. Ric avait ouvert en faisant tourner le verrou d'un coup sec. Le bras tendu, il lui avait fait signe d'entrer. Gian s'était exécuté tout en continuant à lui demander pourquoi.

« Tu te souviens, il y a trois ans, quand on a décidé de rénover le salon ?

— C'était ton idée.

— Forcément. Je n'étais plus seul. Nous étions devenus nous. Je t'ai demandé si tu voulais qu'il soit le nôtre et non plus le mien, et tu as dit : "OK."

— OK ne voulait pas dire que j'étais pour.

— Tu m'as accompagné à la banque. Tu m'as convaincu de signer. De demander un prêt plus important parce que tu voulais des choses qui te plaisent à toi. Tu as choisi les couleurs, le mobilier, ces fauteuils... Bordel, c'est bien toi qui les as voulus. Tu t'en souviens, oui ou non ?

— Pas la peine de crier. Oui, je m'en souviens. »

Ric avait hurlé : « Alors ! » Et il avait renversé un fauteuil. Puis avait attrapé un flacon sur l'étagère et l'avait jeté en direction de la vitrine. Le flacon avait explosé en projetant des éclaboussures orange. C'était du shampoing à la carotte, excellent pour fortifier et hydrater les cheveux colorés.

« Tu veux tout détruire ? C'est ça que tu veux ? »

Il avait pris plusieurs produits sur la même étagère et les avait lancés les uns après les autres contre la vitrine qui s'était couverte d'après-shampoing restructurant, de sérum anti-frisottis, de bain régénérant et de soin hydratant.

Gian avait essayé de lui dire qu'il était complètement

dingue. Ric avait fait tomber l'étagère et avait empoigné une paire de ciseaux. Gian avait couru vers la porte mais elle était fermée à clé. Il lui avait demandé ce qu'il avait l'intention de faire, avait essayé de le calmer. Ric avait renversé d'autres fauteuils, avait crié : « Me calmer ? Moi ? » Il avait balancé les ciseaux contre le miroir qui s'était fissuré. « Tout ça, c'est ta faute. Je fais tout pour toi et ça ne compte pas, ça n'est jamais assez. Je t'ai tout donné, j'ai tout construit pour nous. Et toi ? Qu'est-ce que tu fais ? Tu te réveilles un beau matin et tu m'annonces que tu t'en vas. » Il avait fait tomber une autre étagère. « Je suis censé me sentir comment ? Dis-moi, toi qui es si doué pour ne rien ressentir ! » Il avait renversé le tiroir des peignes et des brosses, puis avait attrapé un sèche-cheveux, tendant le fil entre ses mains. « Allez, dis-moi. Comment tu peux traiter de pauvre connard quelqu'un qui t'aime ? » Il s'était approché de Gian. « De grosse merde. » Plus près. « De naïf. » Il l'avait acculé dans un coin. « Lui dire de se faire une raison. »

Ric avait amené le fil du sèche-cheveux au niveau de la gorge de Gian ; il se tenait à moins d'un pas, dangereusement proche. Il avait trébuché sur un pot ouvert de cire coiffante, le must pour un look naturel aux pointes sculptées, et s'était retrouvé les quatre fers en l'air, le cul sur le sèche-cheveux. Une douleur indescriptible dans la fesse droite l'avait étourdi un instant. D'un bond, Gian l'avait enjambé et avait essayé de gagner la porte, mais Ric l'avait attrapé par la cheville.

« Tu vas où comme ça ? Notre petite discussion n'est pas terminée. »

Gian avait tenté de se dégager en secouant la jambe. « Je crois bien que si », avait-il répondu en lui assénant un coup de pied en plein visage qui lui avait fait perdre connaissance. Puis il s'était regardé dans le miroir, s'était arrangé, avait ramassé une noisette de cire sur le sol pour rectifier sa coiffure, cherché les clés dans la poche de Ric, les avait trouvées, avait ouvert la porte du salon et était allé faire ce qui ne regardait que lui.

4

Feignant de ne pas entendre les voix provenant de la réserve où les deux autres se disputent comme d'habitude, Barbie et son amie Susanna – surnommée Candy à cause d'une candidose chronique contractée en classe de cinquième, officiellement à la piscine même si ça s'était déclaré en plein hiver et que Susanna n'avait pas mis les pieds dans un centre aquatique depuis le mois d'août de l'année précédente – font des essais coiffure. Candy, future mariée, voudrait un truc simple, avec des fleurs de pêcher par exemple, ou alors quelque chose de champêtre que Barbie n'a pas saisi. Elle écoute son amie en songeant que les femmes, quand elles se marient, tombent dans un mauvais goût très classique. Parce que des mauvais goûts, il y en a plusieurs. Celui des jeunes mariées est héréditaire, les femmes se le transmettent de génération en génération. Un mélange de ce qui plaira à la mère, de ce qui fera plaisir à la grand-mère, de ce qui est respectueux de la tradition, de la famille ou de la région.

Elles arrivent avec les meilleures intentions du monde – rester simple, rien d'extravagant, pas trop de fioritures – et finissent par t'envoyer chercher Dieu sait où des fleurs exotiques vues dans un magazine de mode pour snobinardes sadiques, ou insistent pour faire tenir des branches entières en équilibre sur un édifice déjà complexe d'extensions, de doutes et de prises de tête.

Elles te demandent ce que tu en penses, mais ne veulent pas entendre la réponse. Et, sans qu'elles aient rien vu venir, elles repartent déguisées en meringues. La mariée sobre, élégante et chic n'existe que sur les podiums. Parce que le mariage, par définition, ne peut pas être chic. Ce serait d'un ennui ! Il faut que quelque chose se passe, aille de travers, rompe avec la tradition, vaille la peine qu'on s'en souvienne. Que les deux belles-mères se poignardent, que le marié ivre et défoncé essaie de se faire la petite-cousine mineure de la mariée ; il faut un orchestre rock formé d'ex-psychopathes ou un photographe tendance hooligan qui n'hésite pas à dégommer les tantes du premier rang pour prendre le cliché parfait du oui fatidique.

Candy est en train d'expliquer qu'elle aimerait des boucles floues qui lui encadrent le visage et lui donnent un air naturel. Mais que la coiffure elle-même doit avoir un côté strict, pourquoi pas un chignon à étages.

« Barb, j'ai une idée, écoute ça : et si on allait cueillir des marguerites le matin même ? Ça serait super poétique, non ? »

Barbie pense que si elle doit se marier un jour, elle sera tellement sexy que l'église entière commettra un péché rien qu'en la regardant. Tout le monde lui dira : qu'est-ce que tu es belle, sensuelle, *mamma mia.* Si quelqu'un accepte de passer sa vie avec elle, autant qu'il fasse une bonne affaire. Et si elle lui promet d'être à lui, rien qu'à lui, pour le restant de ses jours, même si elle n'y croit qu'à moitié, autant avoir l'éclat d'une pierre précieuse, genre diamant. Mais chaude comme la braise.

Barbie s'imagine en mariée sexy remontant l'allée centrale dans une robe ultramoulante avec une longue traîne, mais très courte devant pour bien montrer ses genoux, si fins qu'on les sucerait comme les os d'un poulet, et le contour délicat de ses chevilles qu'on suivrait avec la langue ; quant au bustier : les faux seins se tiennent si bien tout seuls que ce serait une merveille à contempler. Quelqu'un demanderait : « Mais comment tu fais ? » et elle répondrait : « La natation fait des miracles pour la poitrine. » Et elle rirait intérieurement en songeant que son lifting mammaire est de loin son meilleur investissement.

Tandis qu'elle se laisse aller à ses rêveries de mariée dévergondée, Candy lui décrit sa robe qui sera, bien sûr, d'une grande simplicité. Quelques drapés ici et là, un peu de dentelle, des paillettes, quelques froufrous, trois types d'organdi différents pour le volant et les manches, trois jupons, huit baleines pour le bustier en tulle, six mètres de voile de la couleur du ciel, en double épaisseur pour la traîne d'une infinie douceur qui, depuis le fessier nuptial, glissera sur le sol de la nef centrale.

Une traîne double épaisseur. Barbie a une vision de Candy en mariée papier toilette, et elle change de sujet pour ne pas éclater de rire.

Et puisqu'un seul sujet est susceptible d'intéresser son amie plus que sa tenue de mariage, Barbie demande : « Et avec Marko, ça va ? »

Candy, tiraillée entre tulle et satin, met fin à ce conflit intérieur en poussant un long soupir. « Oh, avec lui, c'est la galère. »

Tu m'étonnes.

« Tu sais comment il est. Il se plaint de pas me voir assez, il me trouve distante. Qu'il essaie, lui, d'organiser le mariage. Et puis il me reproche d'être de mauvaise humeur, il dit que même le sexe n'est plus comme avant. Et aussi qu'il voudrait que je prenne mes responsabilités. C'est pas ce que je suis en train de faire, peut-être ? J'y peux rien si je suis fatiguée. Penser à tout m'épuise. Il y a l'église, les invitations, la liste de mariage, le voyage à organiser, le menu à choisir, les invités à placer. T'as pas idée. Sans compter que je suis au régime. Parce qu'il faudra que j'entre dans ce bustier, au prix qu'il m'a coûté. J'oubliais les rendez-vous chez l'esthéticienne, le massage et les soins. Toi et moi aussi il faut qu'on se voie. Bref, je demande juste un peu de compréhension, bon Dieu ! De toute façon, j'ai trouvé la solution. Il a eu l'air un peu perplexe quand je lui en ai parlé, mais pas la peine d'attendre une réaction enthousiaste de sa part. Tu le connais. Il dira jamais que quelque chose lui fait plaisir. Mais moi, je sais que oui, j'arrive à interpréter les signes. C'est peut-être imperceptible pour les autres, mais je sais très bien quand quelque chose le fait se sentir important. Qu'est-ce que tu veux ? Je devrais pas céder si facilement, mais ce mec me rend littéralement folle ! »

5

À l'entrée de la nef, Candy panique. Pied droit ou pied gauche, droit ou gauche, droit ou gauche ? Son père se tient à côté d'elle, les mains moites. Blanc comme un linge à cause du stress. C'est déjà bien qu'il n'ait pas vomi. Pitié, pense Candy. Le prêtre me tuerait s'il vomissait dans l'allée. Et mon voile ? Transformé en serpillière ? Je ne peux pas me marier avec un voile de gerbe. La mariée à la gerbe. Quelle horreur, on en parlerait pendant des années.

D'un geste nerveux, Candy soulève la double épaisseur de la traîne.

« Pour l'amour de Dieu, papa ! Tu éviteras de vomir à l'église le jour de mon mariage. »

Puis elle se ferme comme une huître. Son père la regarde comme si elle était possédée par un démon. Il songe une seconde à lui reprocher son blasphème, avant d'envisager la possibilité qu'elle soit possédée pour de vrai. Il passe encore en revue les comportements étranges qu'elle a pu avoir ces derniers jours quand l'organiste attaque l'*Ave Maria.*

Droit ou gauche, droit ou gauche, droit ou gauche… Et merde, Candy démarre au hasard. La robe est longue, personne ne verra rien et même si cette bande de pique-assiette le remarque, qu'est-ce que ça peut faire. C'est sa journée conte de fées et elle se contrefout de commencer cette marche du mauvais pied.

Candy et son père remontent la nef. Les invités, debout, applaudissent avec enthousiasme le passage de la fille du pays qui a grandi si vite et s'est épanouie jusqu'à devenir cette énorme meringue bouffante traversant à présent la petite église d'Ogno pour dire oui à son amour de toujours : Mirko.

Candy et Mirko sont ensemble depuis la seconde. Ils ont fait leurs études dans l'un des nombreux établissements techniques de cet immense territoire où peuvent s'inscrire les adolescents de la vallée ; les autres lycées se trouvent en ville. Elle étudiait la comptabilité et n'aimait pas les maths. Lui étudiait la géométrie et rêvait de devenir missionnaire. Ils se croisaient le dimanche, se saluaient à l'église : lui à droite de l'autel, la zone réservée aux garçons, elle à gauche, la zone des filles. Ils s'attendaient à la sortie de la messe et buvaient un Coca avant de faire le catéchisme aux futurs communiants.

En été, ils formaient le couple le plus soudé des camps scouts. À dix-sept ans, dans un petit bois des vallées du Trentin, ils avaient échangé un premier baiser timide après s'être tenu la main pendant des mois. Ils n'avaient jamais raté une édition des Journées mondiales de la jeunesse, avaient fait la folie de voyager en couchette pour le jubilé, en chantant à tue-tête toute la nuit. Un été, ils étaient partis travailler dans un camp pour jeunes marginaux en ex-Yougoslavie. Ça les avait rapprochés d'être témoins de la misère humaine, et ils avaient fait l'amour pour la première fois. Un désastre, à tous points de vue. Après trois tentatives de pénétration trop douloureuses, ils avaient choisi la solution habituelle : tu me mets un doigt et je te prête ma main.

Les choses avaient fini par s'améliorer grâce aux conseils d'amies plus expérimentées et de camarades avertis. Après tant d'années, de JMJ et de réveillons de Noël, Candy et Mirko étaient toujours ensemble, alors naturellement ils convolaient en justes noces.

Elle en meringue, lui engoncé dans un costume irisé.

Candy et son père remontent la nef et arrivent devant le prêtre qui entame sa vieille rengaine. « Mes bien chers frères, mes bien chères sœurs, nous voici réunis pour célébrer en présence de Dieu et de leurs témoins Marko machin chose et Barbie on n'a pas idée, l'union de Candy et Mirko… »

Barbie a l'impression fugace que son amie Candy mange l'hostie des mains du prêtre d'un air voluptueux en regardant le témoin, son amant depuis plus de huit ans et frère cadet du marié. Personne d'autre ne le remarque. Et Barbie n'en a pas grand-chose à foutre, au fond. Elle pense simplement que le destin est injuste : on la traite de fille de joie parce qu'elle se donne de temps en temps à un étranger de passage, mais personne n'a le courage de dire quoi que ce soit à cette sainte-nitouche qui couche depuis huit ans avec un des gamins à qui elle faisait le catéchisme.

Comme si ça ne se savait pas !

Mirko jouait au football à cinq avec des amis le mardi et le jeudi soir. Ces amis, il les retrouvait aussi parfois le vendredi ou le dimanche pour boire un coup, surtout en période de qualifications. Par un curieux hasard, les mêmes jours, le très sportif et athlétique Marko souffrait d'horribles douleurs au dos qui le contraignaient à décliner les invitations de ses amis. Il éteignait son portable et se mettait aux abonnés absents, sous prétexte d'avoir besoin de repos. On avait bien repéré son scooter garé près de chez Candy, puis plus tard sa petite voiture. Mais Candy, la gentille fiancée, allait épouser son gentil amoureux. Il ne courait aucun risque; c'était un endroit agréable et confortable où forniquer bien au chaud deux fois par semaine. Sauf quand elle avait ses règles, ce qui n'était pas plus mal: Marko pouvait sortir avec ses amis, et la semaine d'après c'était double ration.

L'imprévu était venu avec le temps. Marko avait fini par s'attacher à ces ébats hebdomadaires, aussi réguliers qu'un coucou suisse. Alors quand il avait commencé à entendre parler mariage, l'idée de changer ses habitudes ne lui avait pas plu. Il avait dit à Candy ce qu'il n'aurait jamais pensé lui dire un jour: «Quitte mon frère et épouse-moi.»

Candy avait éclaté de rire et lui avait demandé s'il avait perdu la tête. «Tu es un type bien et je t'adore. Mais le mariage, c'est une affaire sérieuse, très sérieuse, une affaire d'honneur et de fidélité, pour fonder une famille. Si chacun faisait ce qui lui chante, ce serait le chaos. Mon rêve a toujours été d'épouser l'amour de ma vie. Je n'ai pas l'intention d'y renoncer. Ça rimerait à quoi? Ton frère est l'homme de ma vie, pour moi, ma famille et tous ceux qu'on connaît. Tout le monde s'attend à ce qu'on se marie, et c'est ce qu'on va faire.»

Marko avait essayé de protester. Deux personnes qui s'aiment ne baisent pas avec d'autres; parler de fidélité allongée à côté de lui en t-shirt, ce n'était pas crédible. Mais Candy avait objecté que dans leur cas, c'était différent, qu'il ne s'agissait pas d'une trahison. De quoi s'agissait-il, alors, avait demandé Marko. D'une relation spéciale, précieuse, qui pour cette raison devait rester secrète, avait répondu Candy. Puis elle avait essayé de lui prédire un avenir aussi heureux que le sien : il allait rencontrer la bonne personne, celle qui le ferait rentrer dans le droit chemin. Vexé, Marko lui avait demandé si elle ne serait pas jalouse qu'il y ait une autre femme. Candy avait alors piqué une crise, lui avait demandé s'il la trompait, et avec qui. Il l'avait calmée en lui disant qu'il n'avait d'yeux que pour elle, qu'il ne désirait qu'elle.

« Mais quand même, cette situation n'est pas juste. Moi aussi, j'ai le droit de te voir en plein jour. »

Alors Candy avait coupé court : « Lâche-moi, à la fin. De toute manière, les invitations sont parties. »

6

Le photographe de la cérémonie, Barbie ne l'a jamais vu. Un type pas mal, pas mal du tout. Il n'est pas d'ici, c'est clair. Il l'a prise en photo et n'a pas arrêté de lui sourire pendant la messe.

Alors que quelqu'un lit un passage de la Bible, elle découvre une épaule en laissant tomber délicatement la grande étole rouge qu'elle porte sur sa robe dos nu à l'échancrure vertigineuse.

En tant que témoin au mariage de son amie, elle a adopté un style Barbie sensuelle : une robe courte de satin noir chatoyant, évasée à partir des hanches, drapée sous la poitrine, dont l'échancrure court de la nuque à la chute de reins, et pas de sous-vêtements. Pour la messe, une étole réversible rouge et noir, très large, à porter sur les épaules et, au besoin, à laisser glisser. Touché !

Candy était un peu contrariée en la voyant arriver ce matin.

Elle lui a demandé si c'était vraiment nécessaire de s'habiller comme ça à son mariage. Si elle ne pouvait pas éviter d'être sexy un jour comme celui-là.

Barbie a rétorqué que la séduction était un art raffiné qui s'exerçait en toute circonstance. Et qu'elle se félicitait d'avoir choisi cette tenue.

« Dis-moi plutôt, ma petite mariée chérie, pourquoi tu m'as caché que tu avais engagé un photographe aussi canon. »

Candy a répondu : « C'est ma belle-mère qui l'a embauché. Tu sais comment c'est. Elle voulait quelqu'un de nouveau. Je crois qu'il vient de Milan. Il travaille dans la mode ou un truc comme ça. »

Pour Barbie, le mot mode est un sésame. Elle le sent qui s'insinue entre ses jambes, tenace, et elle songe à nouveau qu'elle a très bien fait de mettre sa robe noire et aérée. Elle adresse au photographe un sourire complice et, tandis qu'il la prend en photo, passe le bout de sa langue sur sa lèvre supérieure.

La mariée a l'impression fugace de lire « Je te veux » sur les lèvres de son témoin, adressé au photographe, au moment où l'assemblée répète en chœur l'un des nombreux « Amen ».

En réalité, ce n'est pas la belle-mère de Candy qui a engagé le photographe mais Mirko, son futur mari. Ric lui en avait parlé quelque temps auparavant. Il se souvenait de ce type qu'il avait rencontré à une soirée lors d'un séjour dans la capitale lombarde à l'occasion d'une formation de coiffure glamour fashion ultra coûteuse, et qui travaillait comme photographe sur les défilés. Il était doué, apparemment. Il se disait hétéro mais disparaissait régulièrement dans les darkrooms. Mirko avait demandé son nom, l'avait retrouvé via une agence et lui avait proposé de prendre des photos à son mariage.

Candy était présente à leur premier rendez-vous, pour faire connaissance et parler de la prestation. Puis Mirko s'était touvé des prétextes, d'autres directives à lui donner, l'invitation qu'il avait oublié de lui remettre. Le photographe lui avait dit de ne pas s'inquiéter, il trouverait l'église sans problème et les suivrait jusqu'au restaurant. Mais Mirko n'en démordait pas : il fallait faire les choses bien. Il avait trouvé un prétexte pour se rendre à Milan. Ils s'étaient vus dans un lounge bar fréquenté par des mannequins qu'ils s'étaient amusés à passer au scalpel en sirotant un mauvais Negroni et avaient fini sur la banquette arrière de la voiture de Mirko, dans l'allée près de l'ancien passage à niveau derrière le théâtre Arcimboldi.

Au menu du repas de mariage : buffet de bienvenue avec apéritif, sept variétés d'antipasti, trois entrées, rôti, accompagnement, sorbet, gibier, poisson pour les amateurs, fromage, pièce montée, café et digestif. Durée de l'épreuve : sept heures.

Les jeunes mariés et le photographe se présentent à table au moment où l'on sert le dernier antipasti. Tonnerre d'applaudissements, un lever de verres général, le toast des époux et au moins trois baisers à pleine bouche histoire d'étancher la soif de roulage de pelles des invités qui se rabattent sur le trio de gnocchetti, raviolis et tagliatelles.

Puis la mariée fait le tour des tables pour saluer, embrasser, remercier.

Désormais proche de la paralysie faciale à force de sourire, Candy gagne laborieusement les toilettes.

Pendant ce temps, au milieu de la cacophonie, le marié s'éloigne sur un signe du photographe et le suit en direction de la cave du restaurant.

Barbie, qui n'a pas lâché des yeux sa prestigieuse proie, lui emboîte le pas jusqu'à l'escalier et demande : « Vous allez où ? Je peux venir ? »

Son photographe de mode lui répond qu'ils descendent deux secondes faire quelques portraits du marié, la cave a beaucoup de caractère avec les fûts, les bouteilles et les poutres apparentes. Puis il s'approche d'elle : « Tu es très belle dans cette lumière, tu sais. Quand j'aurai terminé en bas, on pourrait sortir faire un tour. Je prendrais bien une ou deux photos juste pour moi. Tu as quelque chose, ça se voit tout de suite. »

Barbie lui sourit et murmure un « OK, je t'attends ici ». Et elle les regarde descendre l'un derrière l'autre jusqu'à ce que la porte de la cave se referme derrière eux.

Arrivés en bas, marié et photographe échangent des commentaires sur le vin de mauvaise qualité, les cousines de Candy qui sont de vrais laiderons et la pénurie générale de belles gonzesses dans la région.

Le photographe suggère à Mirko de faire quelques photos pour lui éviter des problèmes auprès de sa femme. Mirko retire sa veste et s'appuie contre un fût en prenant la pose. Puis il déboutonne son pantalon et sort sa bite en disant : « Prends-moi en photo comme ça. »

L'appareil photo finit par terre, à côté du pantalon.

Dans les toilettes du restaurant, Candy attend, en priant pour que personne ne l'ait vue s'éloigner.

Marko entre en souriant.

Elle se plaint : ça fait plusieurs minutes qu'elle poireaute.

Ils s'embrassent tandis qu'il ferme la porte derrière lui, à double tour.

« J'ai tellement envie de toi », dit plusieurs fois Candy en soulevant sa robe.

Photographe et marié remontent de la cave en sueur, comblés par leur étreinte fugace.

Barbie, toujours perchée en haut de l'escalier, un sourire éclatant aux lèvres, est prête à lécher sa proie pour le dessert. Elle l'invite à venir se perdre avec elle dans le jardin d'Éden, autrement dit celui du restaurant. Le photographe met quelques secondes à se rappeler ce qu'il lui a promis pour pouvoir s'éclipser au sous-sol. N'empêche, ça valait le coup, il n'a pas tous les jours l'occasion de se taper un mec, un vrai. Mais maintenant, il n'a plus aucune envie d'être gentil avec une cocotte du terroir. Et puis, il a besoin d'un peu de temps pour récupérer, il n'a plus vingt ans. Il temporise : « Je dois d'abord trouver la mariée pour la prendre en photo en bas, elle aussi. C'est très pittoresque. Excuse-moi, ma grande : le travail avant tout. » Et il ajoute, du ton le plus viril possible : « Mais après l'effort, le réconfort. »

Barbie, ragaillardie, soupire et acquiesce dans le désordre. Elle retourne gentiment s'asseoir à sa table, en se disant que c'est dans la poche, le photographe de mode lui appartient.

Le menton appuyé sur la main, elle est déjà en train de fantasmer, visualise son book, les séances photo, le backstage, le maquillage, les talons hauts, les podiums éblouissants. Tandis qu'autour d'elle, on commence à s'agiter.

La mariée est introuvable. Elle a disparu il y a plus de vingt minutes et personne ne sait où elle est. Mirko s'inquiète. Il demande à ses tantes. Rien.

Il demande au personnel du restaurant. Rien.

Il va trouver ses oncles, qui portent un toast chanté en dialecte. Mieux vaut laisser tomber.

Il retourne auprès de ses tantes, et l'une d'elles dit: « Elle est peut-être allée prendre l'air dans le jardin. »

Mirko sort. Personne. Il longe les murs du restaurant. Arrivé sous une fenêtre, il lui semble entendre sa femme gémir. Il perçoit ce qui ressemble à « Aïe, là ça fait mal »: c'est bien la voix de Candy. Il repart en courant, alerte un cousin. La mère de Candy est en train de chercher sa fille partout, en l'appelant comme on appelle un chien caché sous une table. Il lui dit: « Susanna se sent mal, elle est dans les toilettes. Je l'ai entendue gémir de dehors, par une fenêtre. »

Après une consultation éclair, ils concluent que la fenêtre en question est celle des toilettes pour handicapés, au bout du couloir qui longe les cuisines du restaurant. Mirko et sa belle-mère arrivent devant la porte.

Il frappe. Deux fois. Aucune réponse.

« Susanna, ma chérie, tu es là? Tout va bien? »

La voix de Candy leur parvient de l'intérieur: « Oui, oui. Ne t'inquiète pas, chéri. J'arrive. »

Mais Mirko n'est pas convaincu. « S'il te plaît, mon amour, ouvre la porte. Tu m'inquiètes. »

Elle insiste, non.

Mirko insiste, si.

Elle dit: « Attends que j'aie fini. »

Mirko dit que quand même ça fait plus d'une demi-heure et que tout le monde se demande où elle est.

Pas de réponse.

La belle-mère dit: « Essaye d'ouvrir, peut-être qu'elle se sent mal. »

Mirko dit: « Si tu n'ouvres pas, je défonce la porte. »

Candy répond: «Non, je t'en prie, attends une seconde, s'il te plaît.»

Mirko dit: «Je compte jusqu'à trois.»

Candy se met à pleurer.

Mirko donne un coup de pied dans la porte.

La belle-mère pousse un cri.

Candy pleure plus fort et dit: «Non, Mirko, s'il te plaît, non.»

Derrière Mirko, le propriétaire du restaurant arrive et demande ce qui se passe.

La belle-mère, hystérique, est en larmes.

Le propriétaire dit: «Doucement avec la porte.»

Menace des beaux-parents: «Si elle se sent mal à cause de la nourriture, on n'hésitera pas à porter plainte.»

Mirko, au propriétaire: «Appelez une ambulance.»

Candy pleure et répète en boucle: «Non, s'il te plaît, non, s'il te plaît, non, s'il te plaît.»

Le propriétaire s'éloigne, pour téléphoner et ne pas leur casser la gueule à tous.

Mirko donne des coups de pied dans la porte qui est sur le point de céder.

La famille de Candy, agglutinée derrière Mirko, échange des murmures anxieux.

Celle de Mirko bougonne.

La porte cède.

7

Tu es quelqu'un d'extraordinaire, tout ce que tu fais est fascinant. Tu remues un doigt, et c'est fascinant, chacun de tes gestes est fascinant, quand je te vois de près je suis émerveillé. Tu es d'une telle splendeur. Si un jour tu me regardais dans les yeux, si tu me souriais, si tu me parlais, je crois que je m'évanouirais d'émotion. Que faire, que dire pour que tu saches tout ce que tu représentes pour moi ? Je ferai tout mon possible, je ferai n'importe quoi, jusqu'à l'invraisemblable, pour te le faire comprendre. Quand tu l'auras compris, je sais qu'alors nous nous rencontrerons.

Teresa glisse la main sous son sein gauche, parfaitement emboîté dans le bonnet d'un soutien-gorge ultra-confortable, sans armatures ni coutures, avec ouverture sur le devant : cadeau de convalescence lors de son séjour à l'hôpital quelques années plus tôt. Avec la paume, elle soulève son sein flasque et coince la lettre pliée en huit dans le pli de la peau moite, un petit carré juste en dessous du cœur.

Depuis quelque temps, un admirateur lui envoie des lettres. Un admirateur secret ! Qu'est-ce que c'est romantique. Pile au moment où Fausto a refait surface, évidemment.

Elle menait une vie tranquille, seule, presque résignée

à l'idée de le rester. Un jour, en rentrant chez elle avec son caddie à provisions arrimé au bras droit, elle a récupéré distraitement son courrier dans la boîte aux lettres, comme à l'accoutumée. Tandis qu'elle rangeait les tomates, le courrier posé sur la table de la salle à manger lui faisait de l'œil. Il y avait les promotions habituelles, les réductions à ne pas manquer, les remises exceptionnelles, les prospectus du maxi centre commercial, ceux du centre commercial moyen, du hard-discount à seulement deux kilomètres, du supermarché à l'entrée de la départementale, de l'hypermarché derrière la gare routière et de la supérette au coin de la rue. Teresa les a tous feuilletés attentivement : il y avait toujours une bonne affaire à dénicher, voire une réduction sur un truc que mangeait Barbie quand cette gamine se décidait à se nourrir. On ne peut tout de même pas vivre uniquement de l'air qu'on respire. Mais Barbie avait la tête dans les nuages. Elle disait qu'elle voulait être mannequin. Elle finirait putain, pensait sa mère. Tant mieux pour elle si elle plaît, pensaient les amies de Teresa. Si elle finissait par trouver le bon, après tout, c'était un métier comme un autre, pensaient les dames respectables d'Ogno.

Je vais te dire une chose : les grands artistes de la Grèce antique, tu le sais, surpassaient la beauté de la nature en éliminant de leurs œuvres tous les défauts présents dans la réalité. Mais leurs œuvres peuvent bien être parfaites, comparées à toi elles disparaissent, elles s'effacent, je veux dire que toi tu les enterres, tu les écrases, tu les anéantis, tu les réduis en miettes, tu les pulvérises ! Je ne sais pas si je suis clair ? Il me semble avoir été clair, très clair même, si clair qu'on ne pourrait pas faire plus clair !

Qui peut bien m'écrire ces choses, dans cette langue si élégante, si recherchée, si courtoise, se demande Teresa. On dirait un soupirant d'un autre temps. Ça ne peut pas être un ami de Fausto : il ne fréquente que de petits entrepreneurs comme lui, des gens qui ont les moyens de s'acheter une jolie petite maison dans les collines, mais certainement pas le raffinement. Si on leur a appris les bonnes manières quand ils étaient petits, ils les ont oubliées maintenant qu'ils sont devenus des hommes, tellement sûrs d'eux et de leur réussite qu'ils prennent un malin plaisir à franchir les limites, à enfreindre les règles, satisfaits de ne plus avoir à obéir à personne, et d'avoir toujours raison sous prétexte qu'ils paient.

Peut-être que quelqu'un se moque d'elle. Qui jouerait avec les sentiments d'une épouse abandonnée mais toujours honorable ? Non, personne ici ne ferait une chose pareille. Et puis le cinéma et les émissions de l'après-midi le disent : l'amour est plus fort que tout, et il n'a pas d'âge. Teresa a beau être une dame respectable, à l'intérieur elle est restée une jeune fille sentimentale, et elle veut croire que ce sont des lettres d'amour sincères : à l'heure où tout le monde reçoit des faux SMS, elle reçoit des messages d'amour d'un vrai soupirant.

Depuis quelques jours, elle regarde avec suspicion – et, elle l'avoue, un peu de coquetterie retrouvée – ce veuf à la retraite qu'elle croise au passage piéton devant l'école primaire ; elle pense aussi au célibataire qu'elle n'a pas recroisé à la boulangerie depuis des semaines : il l'a peut-être suivie jusqu'au portail et, à une heure insolite, pendant qu'elle faisait ses courses, il a déposé la lettre dans la boîte. Si ça se trouve, l'un de ceux-là ou un autre s'est déjà risqué à l'aborder il y a des années sans qu'elle s'en aperçoive. Il ne lui reste plus qu'à chercher qui a suivi de vraies études dans ce pays de tueurs de lapins où l'on va rarement plus loin qu'une école professionnelle. Au milieu de ce troupeau de semi-illettrés à l'hygiène douteuse qui ne savent même pas compter, il devrait être facile de repérer un bachelier, un licencié, un professeur, peut-être même un aristocrate. Enfin, elle ferait mieux de ne pas divaguer et de s'en tenir aux faits.

Tu sais pourquoi j'ai trouvé en toi ma femme idéale, mon grand amour ? Tu sais pourquoi le roi Édouard d'Angleterre avait trouvé en cette Américaine divorcée son grand amour, son idéal, et renoncé au trône pour elle ? Tu sais pourquoi le fils de la reine d'Angleterre, Charles, a trouvé en Camilla sa femme idéale, son grand amour ?

Qui ici à Ogno connaît si bien l'histoire de l'Angleterre ? Bon, la comparaison avec Camilla, cet épouvantail des Cornouailles, relève à l'évidence d'une faute de goût. Et s'il n'était pas d'ici ? S'il s'agissait, je ne sais pas, du médecin qui vient une fois par semaine au cabinet sur la place, celui qui est dermatologue mais qu'on peut aller consulter pour les problèmes d'hommes ? Teresa y a emmené Fausto une fois, quand son scrotum avait enflé sans raison apparente et qu'on avait découvert qu'il était allergique aux antibiotiques. À la pénicilline.

Parce que, comme moi, ils sont des aristocrates, des nobles, et en tant que tels, nous avons derrière nous des siècles d'histoire et de culture. Voilà pourquoi tu es ma femme idéale, mon grand amour. Voilà pourquoi j'ai trouvé en toi ma femme idéale, mon grand amour. Je suis un aristocrate, un noble et, si je ne l'étais pas, ce noble avec des siècles d'histoire et de culture derrière lui, je n'aurais pas pu trouver en toi la femme idéale. Jamais !

Le dermatologue, un noble ? Non, hautement improbable. Et Teresa ne l'a vu qu'une fois. Même s'il suffit d'une heure pour tomber amoureux, selon la chanson [1], ou d'un regard, comme dans les films. Ce n'est pas une question de temps, mais de destin. Pourquoi pas lui, après tout : il sait où elle habite, comment elle s'appelle, qui elle est. Peut-être que son désir de la revoir était irrépressible et que, discrétion professionnelle oblige, il ne pouvait pas venir la voir au grand jour. Le véritable amour vit tapi dans l'ombre, comme le répètent les feuilletons télévisés. Teresa l'a croisé deux fois au supermarché. Et maintenant qu'elle y repense, il lui a souri d'une manière, comment dire : effrontée.

Mon amour, seul un aristocrate comme moi ne se lassera jamais de toi, même quand tu te faneras, même quand ta beauté déclinera, parce que tu es ma femme idéale, mon grand amour, et que tu le seras toujours. Même quand tu seras flétrie, fanée, quand tu auras perdu ta beauté, je ne ressentirai pas le besoin de me trouver une femme plus jeune.

Il ne manquerait plus que ça. Fanée ? Un peu mûre, à la limite. En tout cas, personne n'a jamais traité Teresa de vieille, à croire qu'elle ne fait pas son âge. Elle ne se sent pas vieille du tout, bien au contraire. Et puis aujourd'hui on dit *seniors*, ou *matures* ; ça la fait bien rire qu'on puisse appliquer ce mot à cet imbécile de Fausto.

1. « *Per innamorarsi basta un'ora* » (*Maledetta primavera*, chanson de Loretta Goggi.)

Charles et Camilla : quelle sale histoire. C'est facile, une fois qu'on s'est débarrassé de sa femme. Pauvre princesse Diana.

Un noble. Avec la chance qu'elle a, ajoutée à la pénurie de bons partis dans le coin, ça pourrait être ce gâteux de comte qui habite la villa du dentiste au bout de l'avenue des écoles. Ce serait à mourir de rire pour ne pas dire à pleurer : soixante-dix ans dans chaque jambe, et venir lui faire des avances. Mais non : il est presque infirme, comment viendrait-il déposer des lettres dans la boîte ? Ce n'est pas crédible. Lui, un comte de sang bleu et elle, qui n'en perd plus une goutte.

Trois lettres en trois semaines. Toutes déposées le mercredi matin, entre 8 h 30 et 10 heures.

Teresa décide d'arrêter de se poser des questions, du moins pour l'instant. Elle va monter la garde. Elle surveillera la boîte aux lettres. Elle mènera son enquête en ville. On va voir qui s'amuse aux dépens d'une pauvre mère de famille, comme si elle n'avait pas assez de soucis comme ça.

8

Il est 16 heures. Il reste encore deux semaines, seize jours pour être exact, avant la catastrophe. Dans cette histoire, les chiffres ont leur importance.

Nous étions unis comme les cinq doigts de la main
Pour toi, je me suis mis en quatre
Mais pour faire la paire il faut être deux
Et un mec comme toi, en amour
Compte pour zéro.

Il s'est passé peu de choses au salon ces quinze derniers jours ; Ric y allait à contrecœur. Après avoir rangé la pagaille de leur dispute, l'ultime naufrage, l'humiliation finale, il s'est surtout employé à se débarrasser de ses souvenirs, chez lui. Ça ne lui a pris qu'une journée. Un dernier carton renversé, son contenu atterrissant comme un cadavre sur un tas de pulls empilés par terre, immortalisé, inerte, sans défense. Comme Ric face aux souvenirs. Il a passé tant d'années à aimer désespérément. Ce sentiment d'abandon, c'est l'histoire de sa vie. Mais lui, au moins, s'est construit une vie. Jour après jour. C'est des murs que tu construis autour de toi, lui a dit Gian un jour.

Stop. Il s'était promis de ne plus parler de lui. N'empêche que ce sont les murs qui soutiennent une maison, qui protègent les gens. C'est si compliqué à comprendre, que s'il met tant d'énergie à construire, c'est pour se protéger ? Quand on aime, on aime au futur, merde.

Ric s'est effondré en un rien de temps. En une nuit de solitude, la foutue nuit du mardi. Pourquoi ? il se demande. Peut-être que s'il était différent, s'il parvenait à être moins… protecteur, il arriverait à le convaincre. Mais oui, il doit lui manquer aussi, c'est sûr, Gian doit avoir froid sans son gros loup blotti contre lui. Depuis combien de temps il ne l'a pas appelé comme ça. Des années. Ric abandonne tout. Le carton de vêtements, celui des cadeaux, le sac noir rempli des affaires auxquelles Gian tenait le plus. Prêt pour la benne à ordures au coin de la rue. Il court vers sa voiture. Il pose ses mains noueuses sur le volant et, bouleversé, garde les yeux rivés sur le pare-brise, comme s'il avait déjà démarré. Plusieurs scénarios possibles se déroulent dans sa tête. OK, je fais demi-tour, je m'engage sur la nationale, je passe devant le salon. Ric se dit que Gian doit être chez ses parents, puisque sa sœur, quand il l'a croisée, lui a dit qu'il s'installait chez eux, dans le deux-pièces au rez-de-chaussée. Je me gare au bout du terrain, je fais le tour par la cour de la maison du notaire. Je frappe à la porte. Il est seul. Et s'il n'était pas seul ? Admettons qu'il le soit. Il m'ouvre. Non, il ne m'ouvre pas. Il m'envoie chier et appelle les flics. Il ouvre et je lui pète la gueule. Non, je reste calme. Respire. Ou alors j'arrive par le jardin. Non, je ne suis pas un voleur. J'arrive et je me gare. Ses parents me connaissent. Ils font semblant de rien mais ils savent, comme tout le monde. Puisque je suis la tantouse de service, allons-y, jouons les hystériques. Je sonne. Il m'ouvre. Et s'il est sorti ? Sa mère m'ouvre. S'il ne veut pas me voir, je vais me mettre à hurler. Pire, fondre en larmes. Et s'il n'est pas là ? S'il est chez l'autre ? Si ses parents ne sont pas au courant, comprennent que dalle ? Qu'est-ce que je vais lui dire. Putain, putain, putain, allez, reprends-toi, t'es un grand garçon. Non, c'est faux, je suis qu'une tapette cocue et désespérée. Pourquoi vouloir me remettre avec lui ? Après la façon dont il m'a traité ? Ce morveux m'a donné des coups de pied au visage. Il croit peut-être que je lui dois quelque chose sous prétexte qu'on a passé cinq ans ensemble, mais je suis pas le Père Noël. C'est fini, les cadeaux et l'argent de poche. Au diable, tout ça. Je le déteste, je le détruis, je l'oublie.

Ric baisse la vitre, passe la tête dehors et du fond de sa gorge pousse un cri silencieux contre le vent : « Tarlouse-de-merde-mais-va-te-faire-mettre-bien-profond. »

Rien ne sort. Les mains sur le volant, il fixe le tableau de bord.

Où sont les clés.

Il les a laissées chez lui.

Ça vaut mieux : s'il perd le contrôle maintenant, il risque de faire une connerie.

Il rouvre la portière et prend une profonde inspiration. En descendant de la voiture il marche dans une merde de chien, mais ne s'en rendra compte que le lendemain matin en voyant les traces sans équivoque sur le parquet en chêne blanchi.

Il rentre chez lui et voit les clés sur l'étagère dans l'entrée. Par association d'idées, il pense à clé, puis à serrure, puis à enfoncer la clé dans la serrure, à l'enfiler, à s'enfiler. Il est pris d'un énorme fou rire, à s'en faire mal au ventre. Il lâche une caisse sonore et s'aperçoit soudain qu'il s'interdit de péter librement chez lui depuis des années. Peut-être qu'il peut se réhabituer à cette vie. Il se baisse pour ramasser la pile de pullovers et le contenu du carton, qui lui fendait le cœur une demi-heure plus tôt. Une boîte de Pandore, avec dedans tout un amas de sentiments qui lui ont embrouillé les idées.

Avant que le chaos le reprenne, Ric ouvre le sac noir avec ses dents et y fourre absolument tout, le bon, le mauvais, les merdes du passé et du présent, jette le sac sur son épaule et sort. Ses commères de voisines ne pourront pas le voir dans l'obscurité. Au moment où il arrive à la benne à ordures, il lui vient une idée : il s'éloigne des poubelles de tri sélectif, longe le petit parc – apercevant au passage les volutes de fumée qui émanent des derniers groupes d'étudiants rassemblés autour d'un chillum un soir de semaine –, s'enfonce dans les buissons à la recherche d'un endroit tranquille. Il s'assoit sur un rocher et débite un chapelet de blasphèmes et de malédictions. Il plonge le bras droit dans le sac, jusqu'au coude, et fouille un moment pour en extraire des papiers et des photos. Il en fait un tas sur lequel il jette un paquet de mouchoirs récupérés dans sa poche de jean, des feuilles d'essuie-tout usagées qu'il ramasse par terre en les tenant entre le pouce et l'index, quelques branches sèches, les pages sport d'un vieux journal annonçant l'entrée de l'Inter en Ligue des champions, quelques tickets de caisse, des tickets de parking et des jeux à gratter qu'il extrait de son portefeuille sans vérifier s'ils sont encore valables. Il tâte ses poches et craint un instant de devoir aller demander un briquet aux fumeurs de joints, ils ont toujours l'air sympa mais en réalité ce sont des hypocrites qui se mêlent de tout. Il vérifie la couture trouée de sa poche et y trouve enfin son briquet. Il fait tourner la molette et tout prend feu.

Ric reste là, à regarder les flammes, à respirer la puanteur du plastique en fusion qui transforme ses souvenirs en un magma caoutchouteux et nauséabond.

Quand il estime que c'est bon, il se relève difficilement, ses genoux de presque cinquantenaire ont du mal à le porter, ça craque, alors il s'appuie sur sa hanche droite en émettant une sorte de « Aaargh », puis de la main droite il ouvre sa braguette et bénit le feu sacré de leur amour d'un jet de pisse crépitant et d'un pet putride.

Le lendemain matin, allongé sur son canapé, il ne se souvient de rien.

Il ne bouge pas pendant au moins deux jours. Le salon de coiffure, de toute façon, est fermé pour inventaire.

Au bout d'un moment, Maicol arrive. Il fait jour, c'est du moins l'impression qu'a Ric. Maicol dit quelque chose comme : « Eh, tout va bien ? »

« Tout va bien mon cul. Je suis sur le point de faire une connerie. »

9

Deux jours d'inventaire, c'est presque des vacances. Même Maicol s'est évaporé. Barbie se décide : baskets, autobronzant, grand sac à main et direction Milan. Elle va rendre visite à son photographe. Après tout, cinq rendez-vous avec rapport sexuel complet font d'eux un couple. Pour savoir s'il y a un truc entre deux personnes, il suffit d'appliquer la règle du « tiercé gagnant » : avoir couché trois fois en état de sobriété. En dessous de ce seuil, on ne peut pas appeler ça une relation. Au-dessus, en revanche, quelque chose est né et vaut la peine d'être cultivé. C'est son devoir, elle le sent pour une fois, de parcourir la distance qui les sépare, de faire cet effort, d'aller le soutenir. Et puis elle meurt d'envie de le voir à l'œuvre, sur un plateau.

« Hé, m'man. J'y vais, m'attends pas, je pars à Milan passer un casting. T'as entendu ? »

Non, Teresa ne l'entend pas. Depuis des jours elle tourne en rond sur le balcon. On dirait une folle. Elle en peut déjà plus, songe Barbie, que le raté soit revenu la queue entre les jambes. Il a un sacré culot de jouer la victime et le déprimé, alors qu'après la merde qu'il a foutue sa femme l'a repris et lui sert de boniche comme avant.

Qui sait pourquoi Teresa passe son temps sur le balcon :

un truc de vieille, sans doute. À moins qu'elle ait une liaison avec un voisin. Eh ben voilà, toi aussi tu prends un peu de bon temps, finalement.

Barbie traverse le salon et entend un « bonjour » de son père. Fausto s'est résigné à tout, même à l'indifférence de sa fille. Il a bien essayé, quelque temps après son retour. Il lui a dit qu'il restait son père, qu'il méritait le respect, qu'elle ne pouvait pas faire comme s'il n'était pas revenu, comme s'ils ne formaient pas une famille. Barbie est restée impassible. S'est contentée de dire : « Quel courage, après toutes les conneries que tu nous as servies. »

Il a failli la gifler. Mais le regard de Barbie était si franc et si distant qu'il en a été incapable. Il a baissé la main et le coup de grâce est tombé : « Pour moi, t'es mort. »

C'était un simple constat. Fausto n'est plus qu'un cadavre. Pour sa fille, il est un suicidé, pour sa femme un morceau de viande qu'on laisse pourrir dans un coin. Et pourtant, assis dans son fauteuil, il essaie, sincèrement, de toutes ses forces, de trouver un moyen de réparer ses erreurs. Tout le monde en fait. Tout le monde a droit à une deuxième chance, au pardon. D'ailleurs il est pardonné, sinon il ne serait pas là. La preuve que les choses se sont arrangées. C'est ce mur de silence que Fausto ne parvient pas à abattre, qui l'isole du foyer qu'il a fondé et qu'il a détruit, même si en apparence ça n'a pas changé grand-chose.

Il observe Teresa sur le balcon. Elle y est depuis des jours et regarde toujours dans la même direction. Maintenant, elle étend le linge. Elle fait semblant, ça crève les yeux. Elle déplace les pinces pour étendre et retirer toujours les mêmes vêtements. Hier, c'était quoi ? Ah oui, les vitres. Ensuite elle a balayé. Il ne manquerait plus qu'elle se mette à peindre la balustrade. Elle ne sort même plus acheter le pain. Qu'est-ce qu'elle attend, que j'y aille ? Il suffirait de demander, nom de Dieu. C'est nouveau, ça. Je parie qu'elle veut que je sorte, que je la laisse seule. Que j'aille acheter du pain de mon propre chef. Ben voyons : on le fait une fois et en un rien de temps, on se retrouve à le faire tous les jours.

J'aimerais bien savoir ce qu'elle a l'intention de faire, une fois que je serai sorti. Ce que je peux être con, j'aurais dû m'en douter, j'ai été absent tellement longtemps : elle a un amant. Qui ? Quel est l'enfoiré qui a osé pénétrer dans cette maison, pénétrer ma femme ?

Fausto ressent une forte douleur gastrique. Ça lui arrive souvent. Et si c'était un ulcère ? Il devrait consulter. Arrivé dans la salle de bains, il s'accroche au lavabo. Une remontée acide, une gorgée d'eau, un coup d'œil dans le miroir. Bon sang, Fausto, regarde-toi, qu'est-ce qui t'est arrivé ?

La chambre de Teresa se trouve en face. Ils font chambre à part depuis son retour. Personne ne le sait, sauf Barbie qui n'en a pas grand-chose à foutre. Fausto se sent attiré par la pièce comme un aimant. Du coin de l'œil, il vérifie le balcon : sa femme, pour la troisième fois, est en train de déplacer la même série de débardeurs en fine maille sur l'étendoir. Il entre dans la chambre. Il n'a jamais fait un truc pareil. Il est électrisé, se sent on ne peut plus vivant.

Sur la table de chevet, un roman d'amour, une bible sous la lampe, un verre d'eau et un mouchoir blanc où est brodée la lettre T entrelacée de violettes et de myosotis. En face, la penderie. Une armoire à six portes, massive, qui règne sur la chambre. Depuis vingt ans, les mêmes cornes napolitaines porte-bonheur accrochées aux clés insérées dans les serrures. Des cornes, pas du meilleur goût, voire franchement ambigu pour une suite parentale, mais elles plaisaient à Teresa et c'est elle qui s'est toujours occupée de la maison. Fausto se dirige vers la commode. Premier tiroir : le portefeuille où elle range l'argent pour les dépenses domestiques, des collants usagés, un jeu de cartes, du courrier et des factures, une carte d'électeur, un soutien-gorge emboîtant, un double des clés du portail. Deuxième tiroir : un débardeur mi-saison, des culottes de différentes formes, des collants propres. Troisième tiroir. Il entend un bruit. Fausto se précipite dans le couloir. À travers les rideaux en crêpe de la fenêtre de la salle de bains, il ne voit personne sur le balcon. Merde, elle l'a grillé. Et dans sa panique il a laissé les tiroirs ouverts. Non, quelque chose bouge derrière la vitre : c'est le dos de Teresa, elle est toujours sur le balcon. Elle s'était baissée pour ramasser la bassine renversée. Fausto attend, immobile. Il retrouve son calme et, pendant que Teresa recommence pour la quatrième fois son Mastermind de pinces à linge, retourne dans la chambre. Il referme en vitesse les tiroirs. Puis, sur le point d'abandonner la scène du crime sans avoir trouvé le moindre indice, il la remarque du coin de l'œil : la corne manquante. Étrange, très étrange. Il s'approche de la porte, la seule qu'aucun esprit ne protège. Il le sent dans ses tripes : cette porte va lui révéler les secrets inavouables de sa femme et lui donner les armes pour reprendre le contrôle de son foyer et le rôle qui lui revient. Il ouvre. Sur les étagères, pantalons, chemisiers, pull-overs. Les siens aussi, des vieilleries. Il ne s'en souvenait plus. Il en attrape un : cadeau de Barbie pour son cinquantième anniversaire, un gros pull en laine mérinos couleur bleu-gris. Il referme l'armoire, vaincu par le remords. En sortant, il repasse près de la commode dont le tiroir du haut est mal refermé. Dans l'interstice, entre le tiroir et le châssis, il l'aperçoit : un bout de papier plié qui dépasse sous la carte d'électeur.

« Faauuusto ? »

Teresa en a fini avec les pinces à linge.

« Fausto ? »

Il passe deux doigts dans la fente et essaie de l'attraper.

« Fausto ! T'es où ?

— Une seconde », se surprend-il à répondre. Il entend les pas de Teresa. Dans un ultime effort, il allonge les doigts, étire les phalanges, même ses ongles semblent pousser vers leur but.

« Fausto ! Tu m'accompagnes en ville ? Je vais acheter le pain et il faut que je passe à la pharmacie. Dépêche-toi avant que ça ferme. »

Il extrait le papier d'une main tandis que l'autre, rapide et silencieuse, referme le tiroir.

Il a atteint le couloir quand Teresa le trouve, devant la salle de bains.

« T'étais où ? Tu m'entendais pas ? Dépêche-toi, ça va bientôt fermer et il faut qu'ils prennent ta tension. Fausto ? Tu m'écoutes ? Qu'est-ce que tu as là ? »

Il était en train de glisser le papier dans la poche arrière de son pantalon. « Rien, je croyais que l'étiquette était sortie. Oui, on y va. Tu es prête ? »

Teresa regarde son mari en plissant les yeux, d'un air méfiant.

« T'es sûr que tout va bien ?

— Oui, je te dis. Si tu te dépêches, je t'emmène boire un Campari sur la place. »

10

« Hé, m'man. J'y vais, m'attends pas, je pars à Milan passer un casting. T'as entendu ? »

Barbie sort sans attendre la réponse. Ça fait longtemps qu'elle n'a plus besoin de permission pour faire ce qui lui chante.

Elle noue son écharpe et coince les écouteurs sous la capuche de son sweat. Certaines personnes ont beau courir ou faire des acrobaties, leurs écouteurs ne bougent pas. Sur Barbie, ils n'arrêtent pas de glisser, il suffit d'une marche précipitée jusqu'à l'arrêt de bus pour les expulser hors de ses oreilles, alors elle vérifie régulièrement qu'ils sont bien en place dans leur pavillon auriculaire. Elle aime écouter de la musique. Dans sa tête, elle imagine des chorégraphies dont elle est l'interprète principale : la nouvelle Jennifer Beals italienne. Barbie n'a aucune idée de qui est Jennifer Beals, mais malgré les années-lumière qui la séparent des années 80, un écho lointain de tout ce qui a rendu cette actrice iconique a dû lui parvenir grâce à la programmation fourre-tout des chaînes généralistes : le justaucorps super échancré, la chorégraphie sur une bande originale oscarisée, et le point de rencontre entre pornographie et émancipation des femmes qu'a représenté le film, partout dans le monde, en 1983. Parce que si le personnage était une prolétaire de dix-huit ans traînant derrière elle plus de problèmes que d'éducation, qui rêvait de Broadway en travaillant comme soudeuse sur un chantier, elle devait sa rédemption à une tenue super sexy et des pas de danse aguicheurs.

Barbie et Jennifer ont tellement de points communs que s'il fallait faire le bilan de ce qui a changé pour les jolies jeunes filles de province rêvant de réussir dans une grande ville, et ne comptant que sur elles-mêmes pour arracher au destin le succès qu'il leur doit, on en conclurait que le prix à payer est resté le même, à presque deux générations d'écart. Quoi que le destin ait à offrir, c'est toujours en échange du même sacrifice : celui du corps. Et, devant la pomme interdite, une femme est à la fois victime et coupable : à la fois Ève et le serpent.

Il n'y a pas de paradis pour les filles qui veulent s'en sortir seules, qui croient en elles plus qu'en la chance, l'amour, l'obéissance, les hommes.

Mais Barbie ne sait pas tout cela : l'écho lointain du féminisme, lui, n'est jamais parvenu jusqu'à elle. Elle ne connaît pas la différence entre matriarcat et matricentrisme : dans le monde tel qu'elle le connaît, les femmes sont assignées aux marges, à la périphérie, où il ne leur est permis d'exercer leur pouvoir que pour préserver un système dans lequel elles ne décident de rien. Barbie est jeune, belle, enthousiaste, forte et optimiste, elle ignore que sa pensée a été formatée par une éducation qui ne prévoyait aucun autre modèle, aucun autre lieu, aucun autre rêve que les siens. Elle ne sait pas non plus que Jennifer Beals, à l'apogée du succès, a claqué la porte de Hollywood pour s'enfermer dans une bibliothèque et obtenir un diplôme en littérature, ni qu'elle a plus tard choisi des rôles provocateurs, comme celui de la lesbienne cool de

The L Word. Barbie ne sait rien de tout ça, et personne ne saura jamais quelle aurait été sa réaction si elle l'avait su. Est-ce que ça l'aurait intriguée ? Rebutée ? Troublée ? Ennuyée ?

En cet instant, bercée par l'illusion d'une relation qui, telle la barque de Charon, la mènera peut-être à sa juste place dans le monde, Barbie avance. *She's a maniac, maniac on the floor.* À l'arrêt de bus, l'attente est remplie d'espoir, et dans sa tête c'est l'épiphanie : sur la nationale grise, encombrée, inexorable, un fleuve de bitume, apparaissent deux files de danseurs en costume à paillettes, qui évoluent et contractent leurs muscles sous les spots d'un plateau de télé ; et au centre, elle, magnifique, radieuse, splendide, aimée. Un grand sourire lui vient aux lèvres, entre son écharpe et le bonnet calé au-dessus des yeux.

Le bus arrive et la rappelle à la réalité : les danseurs disparaissent dans les coulisses du bureau de tabac et de la station essence. Barbie remarque enfin le garçon à côté d'elle. Elle le remarque parce qu'il ne la regarde pas. Intentionnellement. Il regarde droit devant lui avec une telle concentration que, à l'évidence, son centre d'attention est justement Barbie, avec ses écouteurs au bord des oreilles et les mains profondément enfoncées dans les poches.

Barbie monte la première, adresse au conducteur un demi-sourire et se dirige sans hésiter vers l'arrière. Avant-dernière rangée, fenêtre de gauche. Le jeune homme la suit, s'installe dans la rangée devant elle, siège côté couloir à droite. Il abaisse l'accoudoir. Barbie s'assoit au bord du siège, remonte ses genoux et les cale contre celui de devant incrusté de chewing-gums, d'un mélange de substances non identifiées, de Tipp-Ex et de graffitis au feutre

Posca : noms, dates et suites de consonnes entrecoupées de points.

Tandis que la playlist défile dans ses oreilles, couvrant à peine les grincements du vieux bus qui se traîne comme une bête de somme après des décennies de service interurbain, Barbie garde un œil sur le garçon qui, immobile, fixe la route. Ils arrivent à l'entrée de la ville, annoncée par un panneau érigé sur un grand carrefour giratoire, premier d'un long chapelet de ronds-points. La route jusqu'à la gare n'a aucun intérêt, il n'y a que des blocs d'immeubles fouettés par le temps et les intempéries, amassés dans une banlieue grise, comme la clôture d'une prison autour du petit centre-ville antique et sans défense, dont les habitants n'ont le sentiment d'appartenir à la communauté que parce qu'ils résistent à la modernité. Il est pourtant clair, même aux yeux d'une coiffeuse de province sans talent et sans instruction, que la contemplation d'un passé en ruines, dont il ne reste que des anecdotes, ne saurait freiner l'élargissement des fissures et l'effondrement imminent.

Ils ne sont plus seuls dans le bus qui se fraye un chemin dans le ballet de la circulation, alternant freinages et redémarrages. Sont montés un garçon sénégalais qui fredonne quelque chose entre ses dents et une fille assez mignonne pour éveiller l'intérêt de Barbie. D'un coup d'œil, elle juge : hanches larges, pieds plats, cuisses en mauvaise voie : je te donne trois ans avant que ça déborde du siège, ma belle, si tu te bouges pas le cul, au sens propre.

Occupée à passer la fille au crible, Barbie ne s'aperçoit pas que le type de tout à l'heure s'est retourné et la regarde. Flippant. Désagréable, plutôt. Non, flippant. Qu'est-ce que tu veux ? Ma photo dédicacée ? Puis il se lève et va s'asseoir tout au fond, fenêtre de droite. Cette fois, c'est Barbie qui se retourne et l'espionne par la fente entre les sièges. Il la regarde, la fixe et semble ébaucher un sourire. Non, il est sérieux. Barbie fait ce qu'elle fait toujours avec les hommes : elle étire légèrement ses lèvres tout juste glacées de baume à la fraise et laisse deviner un sourire. Mais ce gars-là ne réagit pas.

Elle reprend sa position sur son siège : le bus arrive à la gare. Dès qu'il s'arrête, le garçon se lève d'un bond, passe à deux centimètres d'elle, la bouscule presque. Elle s'est à peine levée qu'il est déjà à la porte située au milieu du bus et saute les trois énormes marches.

Barbie hausse les épaules : il y a vraiment des gens tordus. Elle se dirige vers l'entrée de la gare en jetant de rapides coups d'œil à son reflet dans les vitrines, prend un billet au distributeur automatique, descend l'escalier en rythme, s'engouffre dans le passage souterrain, remonte sur le quai en sautillant, puis train, wagon, siège côté fenêtre. Le téléphone lui propose un morceau parfait pour commencer le voyage. Au moment où elle s'assoit, les écouteurs glissent de ses oreilles. Barbie en attrape un de la main droite et soulève son bonnet pour le replacer.

« Excuse-moi, c'est libre ?

— Oui, c'est libre. Attends… c'est une blague ? Tu me suis ou je rêve ? »

C'est le mec du bus. Et à bien le regarder, Barbie le connaît de quelque part.

Il rougit, mais fait comme si de rien n'était : « Qu… Quoi ? M-m-mais non je… Non. Je… Je sais p-p-pas de quoi…

— C'est ça, ouais. »

Écouteurs remis en place. Barbie souffle. *Génial, le branleur habituel qui va me tenir la jambe pendant tout le voyage.*

En fait, non. Le garçon ne dit rien. Il se contente de

s'asseoir, sort un livre de son sac en bandoulière et l'ouvre. Son visage transpire de honte, les joues rouges, la bouche sèche. Barbie ne parvient pas à penser à autre chose : elle le connaît. Elle l'a déjà vu en ville. Mais où ? Merde, aucune idée.

Elle prend un air décontracté, dénoue son écharpe d'un geste nonchalant. Elle sait qu'elle a toute son attention.

« Alors, tu vas à Milan ? »

Il ne répond pas.

« Eh, je te parle. T'es sourd ? Tu y vas pour quoi ?

— L'u-l'u-l'u-niversité.

— Ah, super. En quoi ? Je veux dire, t'es étudiant en quoi ?

— M-m-mathématiques.

— Ah ouais. Le petit génie de la famille. »

Et le gros loser dans la vie : mais regarde-toi !

« …

— Super, les maths. Et tu fais quoi ? Des calculs ? Tu calcules toute la journée ? C'est pas un peu chiant ?

— N-n-non, au c-c-contraire.

— Je te crois sur parole. Moi, j'y comprends rien. »

Barbie ne comprend peut-être rien aux maths, mais elle fait toujours de tête les calculs qui lui sont utiles, et elle sait que ce mec-là n'ira pas très loin dans la vie. Quel genre de matheux sait profiter de la vie ? Sans parler de gagner de l'argent, l'important c'est d'être sous la lumière des projecteurs, de s'amuser, de faire se retourner quelqu'un dans la rue. OK, avoir un cerveau, c'est sans doute un talent, mais dans ce monde-là ce n'est pas un talent qui se remarque. Être capable de réfléchir n'est pas un moyen de se faire aimer. À la vérité, Barbie et presque toutes les personnes qui lui viennent à l'esprit trouvent même agaçantes celles qui réfléchissent trop, étudient sans arrêt, en savent toujours plus que vous.

… vvrrrr… vvrrrr… vvrrrr

« Oui, salut, non, non, ça va. Non, je sais pas encore ce que je fais aujourd'hui. Et toi ? T'es déjà sur le plateau ? »

Barbie rit intérieurement, savourant d'avance la surprise sur le visage de son photographe – qu'elle pourrait aussi appeler son petit ami parce que c'est vraiment un truc de couple de se faire une surprise comme celle-là.

Dans un élan de séduction involontaire, elle fait un clin d'œil au jeune matheux coincé, finit d'enlever son écharpe puis se lève, le téléphone portable à l'oreille, un écouteur qui pendouille de sous sa veste, enjambe les pieds des passagers et sort dans le couloir en gazouillant, le nez collé à la fenêtre pour mieux observer les champs de Trezzo sull'Adda qui défilent à toute vitesse.

11

Arriver à Milan, c'est toujours incroyable. À chaque fois Barbie sent que cette ville est faite pour elle. C'est ici qu'elle devrait habiter, ici que tout se passe. Dans la rue, les hommes la remarquent, lui disent des choses, parfois dans des langues qu'elle ne comprend pas. Peu importe, le message est passé, clair et net.

Voilà une ville où ça vaut la peine de vivre, une ville qui te colle à la peau, qui t'imprègne. Pas seulement parce que son odeur reste dans les cheveux : Barbie n'a pas de problème avec le smog et elle se fiche de devoir se faire deux shampoings par jour, tant qu'elle ne sent plus les relents de la campagne. Après tout, chaque lieu a ses puanteurs : d'où l'intérêt des parfums les plus chers, qui laissent derrière eux un sillage indélébile.

Cette ville, avec ses tours qui fendent le ciel, lui plaît tellement qu'elle pourrait marcher des kilomètres le nez en l'air. Ça doit être la même sensation dans les villes où les gratte-ciel sont encore plus hauts et plus nombreux, entassés au point de cacher presque complètement le soleil, comme à Hong Kong, Tokyo, Shanghai ou New York.

Tandis qu'elle se promène, la tête renversée, Barbie essaie d'imaginer la vie dans ces grands immeubles sans balcons, où on ne peut sans doute même pas ouvrir les fenêtres. Ça lui rappelle une histoire qu'elle a lue, ou peut-être juste le titre d'un post, sur une gamine qui était tombée du vingt-sixième étage d'un gratte-ciel et qui s'était relevée, indemne. Une simple fracture de la main droite, en plus du choc qui avait dû la suivre un bon moment.

Hormis ce genre de faits divers, des tragédies parfois évitées mais le plus souvent funestes, on ne parle jamais des gratte-ciel. Ils sont juste là, ils existent, sans que personne ne se pose de question. C'est sans doute qu'on y vit comme n'importe où ailleurs.

Sauf que certains sont plus peuplés que la ville de Barbie ou que n'importe quelle bourgade de sa région, cette grande plaine parsemée de patelins insignifiants occupés à se donner de l'importance mais destinés à se dépeupler puis à mourir. C'est écrit. Même le gouverneur de la région le dit au JT : la *Macroregione* est une longue chaîne d'agglomérations plus ou moins denses qui deviendront un jour une seule grande région métropolitaine. Ce qu'on appelle aujourd'hui les villes en deviendra le centre et le reste formera sa périphérie. C'est déjà un peu le cas : dans chaque ville, si on s'éloigne du centre à vélo, on voit, kilomètre après kilomètre, les maisons s'espacer, les espaces verts prendre la place des terrasses et des magasins, la circulation diminuer, pourtant on est toujours dans la ville. Dans le passé, les pionniers plantaient un drapeau sur chaque terre conquise ; dans la *Macroregione,* on plante un centre commercial : telles des pierres angulaires, les grandes surfaces cartographient le territoire et ouvrent de nouveaux horizons à qui veut vivre sur ce grand territoire offrant opportunités, ronds-points, salons de massage, argent, ouvriers au noir, travail à la pièce, particules en suspension PM10.

En Padanie, tout le monde s'emploie depuis au moins

un siècle à recouvrir chaque centimètre de terre avec du béton. À tel point que même dans l'industrie, on commence à se dire qu'il y a des limites. La dernière autoroute qui a été construite n'a servi à personne. Des pluies torrentielles s'y déversaient, aggravées par les dépressions de terrain et l'absence de terres perméables alentour. Devant la perspective de périodes de sécheresse de plus en plus longues – avec des étés à 50 °C, un air irrespirable et un rationnement de l'eau puisque fleuves, lacs et torrents souffrent de maladies chroniques –, et devant l'infertilité, voire la radioactivité, de plus de la moitié des terres de la vallée, le dilemme est à son comble : on arrête de construire ou on commence à bétonner aussi les montagnes ?

De la gare centrale à la via Sarpi, Barbie a tout le temps de s'inventer une vie milanaise. Cette ville est un port au milieu d'une mer de béton, et accueille depuis longtemps ceux qui veulent faire les choses autrement. Même dans les moments les plus sombres, sous les bombes, puis plus tard sous le vernis de superficialité tentant de masquer la corruption, Milan a attiré les ambitieux, ceux qui voient loin, sortent des sentiers battus, pour le meilleur ou pour le pire.

Barbie se promène dans la ville du style et de la mode, des drinks et des meetings, du business et du success, en se répétant qu'il y a une place pour elle quelque part ici, dans les rues qu'elle parcourt toutes à pied. Pas question de s'engouffrer dans le métro : c'est dangereux, elle en est convaincue. Ça s'écroule à la moindre secousse sismique, celui qui veut faire un massacre n'a qu'à y placer une bombe en toute tranquillité, les rames s'arrêtent sous n'importe quel prétexte, des pannes électriques aux suicides, et le moindre gaz toxique se propagerait là-dedans en une seconde. Les galeries souterraines c'est pour les taupes, les vers et les morts ; les vivants se déplacent sur leurs jambes, s'orientent en regardant autour d'eux, ont besoin d'air et de lumière pour vivre. Le seul avantage du métro, c'est l'air qui s'échappe des grilles d'aération quand il fait chaud, soulève les vêtements et ébouriffe les cheveux. À part ça, elle ne voit aucune raison de se faufiler dans ces tunnels pour déchiffrer des cartes qui ressemblent à des toiles d'araignées et qui ne lui disent rien sur les lieux traversés.

Elle veut laisser son empreinte là où elle passe. Elle adore qu'on se retourne sur elle, que le regard soit hostile ou importun : recevoir l'attention d'un inconnu, homme ou femme, lui donne l'illusion d'être différente des autres. La célébrité ne l'effraie pas, elle est certaine d'être immunisée contre ce virus qui rend les stars seules et tristes, refusant de vivre un jour de plus. Ça ne lui arrivera pas. Barbie déambule avec le sentiment d'être déjà quelqu'un, au moins en puissance : elle sent en elle la force de celle qu'elle veut devenir et qu'elle va pouvoir apprivoiser ici, elle en est sûre.

La jeune provinciale ignore qu'à Milan le cœur de la ville appartient à ceux qui ont réussi. Les autres perdent toujours un peu plus de surface habitable – trop petite, trop chère, trop rare – et sont lentement refoulés vers la périphérie, mis à l'écart par la métropole qui les chasse des rues principales vers les contre-allées, puis au-delà des dernières voies fluviales, et enfin des voies ferrées. Milan est surtout faite de banlieues. Y habitent ceux qui ont atteint les limites de la vie dont ils rêvaient, qui n'étaient pas assez réveillés pour la vivre jusqu'au bout ; maintenant, comme dans les limbes, ils restent là, entassés à la sortie de secours comme la saleté balayée hors de la salle de bal, amoncelée là où personne ne peut la remarquer. Pour un loyer modeste, ils vivent dans des deux-pièces au dixième étage, sans climatisation, avec une fenêtre donnant sur le parc, à vingt minutes à pied du premier transport en commun. Le genre d'appartement où, après plusieurs étés à faire l'amour dans une chaleur suffocante, on se dit que Milan est devenu un enfer et qu'il est temps de partir. Où on commence des cohabitations pleines d'ambition et de résolution, fondées sur le partage des dépenses et la répartition entrepreneuriale des tâches et de l'espace. Où on se retrouve à nouveau seul avec l'animal qu'on avait adopté sans s'avouer que c'était la chose la plus proche d'un enfant qu'on pouvait se permettre dans cinquante mètres carrés. Où les portables regorgent d'images érotiques, de fichiers audio et vidéo reçus et rebalancés sans discernement pour alimenter des chaînes de revenge porn pathétique et d'humiliation abjecte. Où on pense trop et dort peu. Où on reçoit rarement, les amis venant à contrecœur après les trois premières visites, et seulement pour pleurer en secret.

La via Sarpi plaît beaucoup à Barbie : depuis qu'elle a été rénovée, la rue a l'air coquette, tout comme les boutiques de souvenirs aux devantures colorées qui ont ouvert de chaque côté. Elle parvient à retrouver la rue latérale où le photographe a son studio, mais ne se souvient pas du numéro. Il ne lui reste plus qu'à lire les noms sur les interphones jusqu'à trouver le bon.

C'est ce qu'elle est en train de faire, légèrement penchée vers le mur, l'index sur les touches pour faire défiler la liste des noms, quand elle entend une voix à travers la grille du portail : « Barbara ? Tu fais quoi, là ? »

Le photographe se détache d'un petit groupe de personnes dans la cour pour la rejoindre d'un pas décidé. Avec lui, il y a : deux superbes filles très maquillées et très grandes, chacune vêtue de ce qui ressemble à un peignoir ou un manteau, qui sont peut-être jumelles et peut-être bien mannequins ; une autre fille aux cheveux rouge vif ramenés dans une coiffure tressée faussement décontractée, qui doit être la hairstylist ; un garçon blond couvert de piercings et au maquillage chargé, sans doute le make-up artist ou le styliste ; et trois types qui s'occupent probablement de la régie, en t-shirt noir et jean noir avec de lourds mousquetons pleins de clés à la ceinture. Elle les trouve exotiques et cool, ce qui la rend encore plus excitée d'être là et de faire enfin partie de leur monde.

Elle dégaine l'un de ses sourires les plus solaires et désarmants, celui de la fille tellement mignonne et sincère qu'on lui donnerait le bon Dieu sans confession. Mais la beauté au naturel, le photographe connaît : il s'approche, baisse la voix, et la grille reste fermée.

« Salut, chéri. Je suis contente de te voir. Tu m'ouvres ?

— Qu'est-ce que tu fais là ?

— Ouvre et je te le chuchote à l'oreille.

— Je travaille.

— Oh, allez, laisse-moi entrer. Je voulais te faire une surprise. Je suis jamais venue te voir en plateau. Tu pourrais me présenter à tes amis. Ou tes collaborateurs ? » Elle s'adresse à eux, d'un air enjôleur : « Salut tout le monde ! »

« Tu ne peux pas rester ici. Je travaille.

— Mais là, maintenant, vous êtes pas en train de travailler, si ? C'est la pause déjeuner ? Quelle idiote, bien sûr que non, vous ne mangez pas. Si ? Je vous rapporte quelque chose ? On commande un Just Eat ?

— Non, tu ne peux pas rester ici, je te dis.

— Comment ça je peux pas rester ? J'y suis, tu me vois. Allez, je me fais toute petite, je te jure, ce sera comme si j'étais pas là. Bon, si tu veux venir m'embrasser de temps en temps…

— Non, je viendrai pas t'embrasser.

— Ah… Tu parles sérieusement ?

— Sérieusement.

— …

— Je suis sur mon lieu de travail. C'est pas un jeu, Barbara. Tu peux pas débarquer comme ça sans prévenir, sans me passer un coup de fil, et t'incruster sur un plateau où se trouvent des clients.

— Je voulais juste te faire une surprise. Je me sens conne maintenant.

— Si ça peut te consoler, tu en as un peu l'air.

— Parle pas si fort, ils me regardent tous de travers.

— Je parle fort si je veux, dans mon studio et partout ailleurs.

— Excuse-moi. J'aurais pas dû débarquer comme ça. J'ai compris. Tu me fais entrer, maintenant ?

— Tu me prends au dépourvu.

— Je me suis déjà excusée, OK ? Il faudra bien que tu me présentes un jour.

— Le moment venu. On en a déjà parlé.

— Et je fais quoi, moi, maintenant ?

— À quelle heure est ton train ?

— Si je veux avoir la correspondance, dans trois heures.

— Attends-moi, j'essaie de me dépêcher et je t'emmène prendre un café.

— Cool, voilà ! Je t'attends ici ?

— Non, va faire un tour. J'ai encore du boulot. Je t'appelle quand j'ai fini.

— Je reviens t'attendre plus tard ?

— Oui, oui, prends ton temps. C'est moi qui t'appelle.

— À tout à l'heure, alors, chéri.

— À plus. »

Barbie, pétillante, agite encore la main en direction du groupe, qui regarde avec curiosité cette fille apparue derrière la grille comme un drôle de petit animal joyeux. Le photographe les rejoint en disant quelque chose et ils éclatent tous de rire. Puis il les invite à entrer, prenant par la taille une des filles qui se retourne pour jeter un dernier regard sur Barbie, toujours devant le portail, à faire coucou.

Bon, pense-t-elle. Il finit bientôt et je suis presque au centre de Milan. L'après-midi va être génial, quoi qu'il en soit. Je dois juste ne pas trop m'éloigner pour qu'il me trouve au portail quand il sortira, sinon il croira que je suis partie.

En flânant dans Chinatown, elle s'étonne du nombre impressionnant de jeunes garçons rassemblés devant les restaurants de vente à emporter. Elle a l'impression d'être dans un film dont l'action se déroule sur un campus universitaire. Elle ne s'était jamais rendu compte que, là où elle vit, croiser quelqu'un de jeune est un événement rare : partout il n'y a que des vieux, des anciens, des vieillards. Ils sont même de plus en plus nombreux, comme s'ils se multipliaient par clonage pour coloniser le moindre espace public du pays. Dans les magasins, les bars, les parcs, les rues, sur les pistes cyclables et les pistes de jogging : partout, Barbie ne voit toujours que des vieux ; certains très vieux, d'autres moins vieux, pour beaucoup encore actifs, mais assez vieux pour qu'un jour on ne les croise plus dans la rue, sinon sur la photo accolée aux avis de décès que publie la mairie en souvenir de nos chers disparus. Elle n'y a jamais trop prêté attention, mais même au salon, la majorité des clientes sont d'âge mûr, voire avancé. Ce qui a ses avantages : elles sont si bien informées sur ce qui se passe chez les autres qu'elles peuvent démentir ce que racontent les amies de Barbie sur leur vie conjugale parfaite. Et puis, elles en savent long sur les médicaments, anciens et nouveaux, à prendre seuls ou à associer pour créer des mélanges explosifs. Et enfin, ce sont de vraies ambassadrices du vinaigre, elles l'utilisent de mille façons, pour le linge, pour les cheveux ou pour maigrir. Le sauvetage in extremis de plus de la moitié de sa garde-robe, abîmée par des traces de soirées qu'il valait mieux oublier, Barbie le doit aux dames du salon Hair&Beauty, plus efficaces que Winston Wolf dans *Pulp Fiction.*

12

« Comment ça une connerie ?

— Ah, c'est toi. Quel jour on est ? »

Ric ne va pas bien, pas bien du tout. Maicol ramasse un pull couvert de taches de gras gisant sur le sol. Ça pue le brûlé. Ric lâche un pet de dépressif.

« T'es dégueulasse. Tu pourrais te retenir !

— Si t'es venu… » commence Ric, allongé sur le canapé, en relevant difficilement la tête ; il se racle la gorge pour s'éclaircir la voix. « Si t'es venu me dire que je suis une grosse merde, c'était pas la peine : je le sais déjà. »

Maicol regarde autour de lui : rien sur la table basse du salon, rien par terre. Ric n'a pas bu, n'a rien pris. À moins qu'il ait trouvé le temps de tout remettre en ordre. Il est simplement au fond du trou. Inutile de chercher des explications, la réalité est flagrante. Maicol pousse un profond soupir et s'assoit sur le divan.

« Pourquoi t'es venu ? Je te fais pitié ?

— Dis pas n'importe quoi. Le salon est (il fait le geste des guillemets) – "fermé pour inventaire", tu te souviens ? »

Ric replie les genoux et tente de se redresser en posant maladroitement la main sur le bord du divan : il glisse en émettant un gémissement de grabataire. Il explose d'un rire libérateur.

Maicol : « Tu veux en parler ?

— Non.

— Tu veux plus y penser ? »

Maintenant qu'il a capté son attention, Maicol extrait de sa poche un sachet transparent au bord scellé.

« Je l'ai acheté pour le week-end.

— On est mardi, objecte Ric.

— La semaine promet d'être longue. »

Il déplace les livres posés sur la table, marque une pause et en prend un : couverture rigide, jaquette rose flashy, imprimée en quadrichromie sur papier glacé, format carré trente sur trente. Un livre d'art. Surtout l'ouvrage culte de Taschen consacré aux hommes bien montés. Il ouvre le sachet, le tapote de l'index pour verser précautionneusement un peu de son contenu sur la couverture flashy. Il n'a même pas le temps de chercher que Ric, résigné, lui tend déjà une carte de fidélité des supermarchés BAM qui devait traîner dans une de ses poches.

« Bam-ba bam-ba[1] » chante Maicol dans sa tête en traçant quatre fines lignes de poudre. Puis il se penche, un pouce appuyé sur la narine droite, et aspire un grand coup. Il relève brusquement la tête et finit d'inspirer. Ses doigts viennent masser frénétiquement les narines palpitantes, frotter les incisives et la gencive supérieure qu'il balaye ensuite d'un coup de langue. Maicol cesse d'être une personne pendant un moment pour devenir une *chose*, une sorte de magma malléable. Il revient à lui et tend le livre à Ric.

Ric n'en a jamais pris. Pas de *bamba*, jamais, même pas un sniff, un microgramme en guise de remontant, pour déconner ou par erreur. Pas étonnant, après ce qu'il a tra-

1. *Bamba* est l'un des surnoms de la cocaïne en italien.

versé pour en sortir Gian. Il sait bien où ça mène, ce truc. Ce truc (Ric se bouche la narine gauche avec le pouce) te fait d'abord planer (il se penche en avant vers le livre), puis ça tourne mal (il s'enfile un rail qui lui monte droit au cerveau) et après tu te retrouves… vite… putain… wow… dans la merde.

Le reste de la journée se déroule à la vitesse d'un rail de coke.

La moindre phrase prononcée est géniale. Ils rient. L'un d'eux allume la télé et monte le son à fond. Puis Ric se lève pour aller chercher à boire dans le frigo. Bière, chinotto, vin, limoncello, soda: il tente n'importe quoi pour réhydrater sa langue pâteuse.

Il passe devant Maicol qui l'observe à travers ses pupilles en forme de trou de serrure.

« Ça te dirait de… ?

— De… ?

— De.

— Ah. De. Oui, ça me dirait bien. »

Ils éclatent de rire. Et il se passe ce qui devait se passer; sans réfléchir, sans sous-titres.

13

Le temps paraît toujours long lorsqu'on attend le train des grandes occasions. Barbie fait des allers-retours entre des boutiques plus ou moins identiques et le portail, derrière lequel elle ne perçoit plus aucun signe de vie. Personne pour la faire entrer, encore moins l'accueillir à bras ouverts. Elle ne sait pas bien quoi penser, mais elle sait qu'elle n'est pas la bienvenue. Elle attend encore un peu avant de reprendre le chemin de la gare, dans l'espoir qu'il arrive avec au moins une explication, un cas de force majeur, des excuses, parce qu'elle est au cœur d'une grande, très grande ville, où une jeune femme, à mesure que s'égrènent les secondes, se sent de plus en plus seule et égarée. Le poids du béton l'écrase. Le silence de l'unique personne à laquelle elle voudrait parler l'abasourdit. Le portail fermé la repousse vers la grise réalité, où elle risque de se retrouver à nouveau parmi ceux qui ont renoncé à leurs rêves et n'ont plus qu'à essayer de s'en sortir.

Le retour à la gare se fait tête baissée, en essayant d'endiguer la vague de désespoir, d'émotions noires, qui monte en elle. De toutes ses forces, Barbie se retient de rassembler les indices ; tant que le dénouement n'a pas eu lieu, il demeure équivoque : on peut le différer, le tromper, l'éviter.

En plein milieu du hall monumental de la gare, telles des ballerines empalées sur une énorme boîte à musique, de gigantesques totems publicitaires pivotants illustrent les deux pans d'une obsession collective. Sur deux des quatre faces, une créature d'une beauté extraordinaire au sexe indéfinissable. À moitié nue, dans une pose presque pornographique, elle est plus ou moins dans l'ombre et fait la promotion du Made in Italy – tradition, qualité et savoir-faire vestimentaire – en jouant sur la prédation sexuelle et une touche de fétichisme. Sur les deux autres faces, un homme relativement jeune à l'air sympathique, au regard amical et rusé, brandit avec fierté un éventail de grilles de paris sportifs qui l'ont délivré de la plèbe métropolitaine en le propulsant sur l'Olympe des jeunes millionnaires désœuvrés.

Ce sont eux qui ont raison, songe Barbie, poupée sentimentale de province : il faut savoir parier gros pour changer de vie. Plus le rêve est grand, plus le risque est élevé.

Sur l'immense tableau d'affichage des départs, entre l'accumulation des retards et les annulations de train, elle repère le numéro du quai où elle attendra son retour forcé au pays ; elle repasse la frontière, mais elle ne renonce pas à la promesse qu'elle s'est faite, se rassure-t-elle.

La tête sous la capuche de son sweat-shirt, les écouteurs dans les oreilles, l'esprit à la dérive, elle revérifie ses messages. Tant que le mot fin n'est pas prononcé, rien n'est vraiment terminé, se murmure-t-elle pour empêcher son ventre de se serrer en un nœud difficile à défaire. Elle essaie de se concentrer sur le monde autour d'elle : quand les rêves se délitent, il reste parfois les petites joies de tous les jours. Mais le wagon est rempli de cris d'enfants et elle ne supporte pas la fréquence de leurs voix, les caprices suraigus, les pleurnicheries. S'ils m'approchent, je grogne, se promet-elle.

Par la vitre, le soir tombe, sombre et confus : le ciel de Padanie hésite entre une pluie torrentielle et un crépuscule de plomb, l'air est lourd, saturé d'électricité, prêt à exploser, de trop nombreux jours de soleil ont asséché la terre, le train avance paresseusement entre un chapelet de petites gares en partie désaffectées et des champs laissés en jachère, exténués par une énième canicule. Plus personne ne s'en étonne, pourtant, en fermant les yeux, elle arrive à visualiser la différence entre maintenant et l'époque de son enfance : elle ne se souvient pas quand précisément, mais à un moment, l'hiver a disparu. Un jour, le froid est parti et n'est jamais revenu. Le froid, le vrai, qui commençait à la Toussaint et durait jusqu'à ce qu'on ait assez raconté aux enfants l'histoire de la merlette, devenue noire après s'être réfugiée dans une cheminée les trois derniers jours de janvier pour ne pas mourir de froid ; un froid qui dominait tout, de l'aube au crépuscule, piquant et implacable, le seul moyen d'y survivre était de s'accrocher à ce qui était vivant, à ce qui avait le sang et le souffle chauds. Ce froid-là n'existe plus. Ce qu'on continue à appeler hiver est devenu une saison chaude et inquiétante, avec de rares interludes tempérés. Même mars n'est plus le mois des averses et des humeurs du ciel. La pluie n'est plus une bénédiction mais une calamité : les orages sont de plus en plus destructeurs, de véritables bombes. Ils se déchaînent à l'improviste, font déborder les rivières, déracinent les arbres et jettent des voitures sur le bord des routes. Le temps est imprévisible ; les anciens qui étaient capables de prophétiser ses évolutions ou ses conséquences ne sont plus là.

Après le train, le bus. Il se traîne dans la nuit et salue de ses phares les putes qui jalonnent la route départementale menant à Ogno. Les voitures ralentissent pour s'engager sur les petites routes secondaires et sombres, celles où se cachent les plus demandées : les primeurs, les plus jeunes de toutes, les gamines, qui sont souvent les filles de personne. Nul ne sait d'où elles viennent, nul ne se soucie de savoir où elles finiront après avoir vieilli trop vite sur ces chemins. Pour chacune d'elles, la vie que Barbie déteste tant est un rêve insaisissable. Mais Barbie ne le sait pas, et elle réserve aux voitures qui s'éloignent un regard distrait, vaguement méprisant.

Elle parcourt à contrecœur le chemin de l'arrêt de bus à chez elle. Le portail l'attend, insolent, et elle n'arrive pas à se dire que cette journée va se terminer comme ça. Son téléphone s'est retranché dans un silence boudeur.

Elle s'arrête, les mains dans les poches, les doigts chatouillant rageusement les clés. La maison la fixe et semble lui dire : « Je te l'avais bien dit, tu n'en rates pas une, tu l'as bien cherché. » Barbie la regarde d'un air de défi, sort son téléphone de sa poche et tape rapidement un message.

ON FAIT LA PAIX ?

14

Le salon Hair&Beauty d'Ogno lève finalement le rideau un matin radieux, après deux jours de prétendu inventaire qui ont permis aux protagonistes de cette histoire de faire le triste inventaire de leur vie.

Barbie, se remémorant le bref aperçu du plateau lors de sa visite surprise à Milan, a décidé que le photographe était bien son ticket gagnant, son aller simple.

Fausto a désormais la certitude que Teresa a un amant avec lequel elle communique via le balcon.

Maicol et Ric ont couché ensemble après s'en être mis plein le nez.

Il est encore tôt lorsque Barbie arrive au salon où ni Maicol ni Ric ne se sont plus montrés depuis le saccage. Dans l'air vif qui souffle des collines, elle fume une cigarette. Personne. Elle ouvre son petit sac à dos, fourrage parmi tous les objets qu'il contient et qu'elle reconnaît au toucher, les écartant un par un. Trousse de maquillage, mouchoir, briquet rouge, baume à lèvres, barrette, portefeuille, stylo, autre stylo, autre baume à lèvres. Enfin elle entend un tintement, reconnaît le métal froid sous ses doigts, et extrait lentement de son sac les clés du salon, espérant toujours que Ric ait la décence de se présenter. Ou qu'éventuellement Maicol, en tant qu'homme – malgré lui – apparaisse à temps pour soulever le lourd rideau de fer. Au lieu de ça, alors qu'elle est accroupie et lutte avec le cadenas, c'est le matheux du train qui surgit derrière elle :

« S-s-salut ! »

Barbie sursaute et manque de perdre l'équilibre, laissant tomber ses clés dans l'interstice entre le sol humide et le rideau.

« Putain, t'es malade, tu m'as fait peur. On n'arrive pas comme ça dans le dos des gens. »

En allongeant ses doigts fins, Barbie parvient à récupérer les clés. Elle se rappelle la combinaison qui déverrouille le cadenas et soulève le rideau qui s'enroule. La vitrine porte encore la trace de l'auréole de l'après-shampoing qui n'a rien fait pour démêler l'histoire d'amour finissante de Ric et Gian.

« Vas-y, entre », dit Barbie.

Elle lui ouvre la porte et jette un coup d'œil aux alentours avant de rabaisser le rideau derrière eux. Espérons que personne ne l'a vue parler à ce loser.

La coiffeuse défait la fermeture éclair de son blouson qu'elle retire en se dirigeant vers l'arrière du salon, derrière les bacs à shampoing. Elle laisse la porte de la réserve ouverte et, à demi cachée par les étagères vidées de quelques bouteilles de shampoing et de lotions nourrissantes, elle lance d'une voix forte : « T'es venu pour une coupe ou tu veux juste me convaincre que je rate un truc en n'étudiant pas les maths ? »

Tandis qu'elle fanfaronnait en accrochant sa veste, le garçon est venu se planter derrière elle, en silence. Quand Barbie se retourne, un cri strident s'évanouit dans sa gorge alors qu'il plaque une main étonnamment ferme et lourde sur sa bouche. De l'autre main, il lui bloque les poignets. Puis lui dit à l'oreille : « N-ne crie pas, s-s'il te plaît. J'ai f-fermé la porte. On est s-seuls. »

Barbie est paralysée de peur.

Elle cherche une lueur de lucidité dans ce brouillard de panique. Elle émet une série de gémissements pour essayer de faire entendre à son agresseur qu'elle a compris, qu'elle ne criera pas. Mais qu'il ne lui fasse pas de mal… Pitié, pitié, pitié.

15

Comme chaque matin de ces derniers jours, Teresa est à son poste et guette son admirateur secret. Un gentilhomme. Un érudit. Quoiqu'il ne doive pas tourner très rond pour écrire des lettres pareilles. Mais l'amour rend fou. Teresa est une femme rationnelle, pragmatique, solide de corps et d'esprit ; pourtant, cette histoire lui fait peur autant qu'elle l'enchante.

Dans la fraîcheur matinale, elle descend pour arranger la bordure de plantes à bulbe près de la boîte aux lettres. Ainsi accroupie à côté du portail, cachée par le muret, il ne pourra pas la voir et elle saura enfin qui il est. Son instinct lui dit que c'est le jour J. Elle s'agenouille, enfile ses gants, attrape le grattoir et la petite pelle, et se met à quatre pattes sur le sol.

« Salut, m'man ! Te fais pas mal au dos, et remue pas trop la queue à l'arrivée du facteur ! »

Barbie emprunte d'un pas rapide l'allée qui mène au portail et contourne sa mère en riant à sa propre blague. Teresa se redresse en s'aidant d'un bras. Sa fille passe si vite qu'elle ne lui laisse pas le temps de lui faire les recommandations maternelles, de lui demander si elle a mangé ce qu'elle a laissé sur la table pour le petit déjeuner. Ou peut-être y renonce-t-elle inconsciemment : elle connaît déjà la réponse.

Elle attrape fermement la pelle et s'apprête à se pencher à nouveau vers le sol lorsqu'elle aperçoit un gecko en position d'alerte, juste en dessous de l'ouverture de la boîte aux lettres encastrée dans le poteau du portail. Teresa prend appui sur un genou, s'accroche à la grille et, péniblement, se lève pour voir le gecko de près. Elle s'approche et lui chuchote sur un ton de doux reproche : « Tu vas peut-être me porter chance, ou me dire qui c'est ? »

C'est à ce moment qu'elle les remarque : une paire de chaussures bleues derrière le portail.

Elle relève la tête.

« Bonjour, tu cherches quelqu'un ? »

C'est un jeune homme qu'elle a déjà vu en ville. Elle se souvient très bien de son air un peu bébête. Inquiétant, plutôt. Non, bébête. Il n'a pas l'air de l'avoir entendue, il fixe un point derrière elle et ne répond pas.

« C'est à toi que je parle.

— N-n-non, m-madame.

— Tu es d'ici, non ? J'ai l'impression de t'avoir déjà vu… Tu ne serais pas le fils du dentiste ? Vous habitez dans cette vieille villa rue des Écoles, pas vrai ? Ton grand-père n'était pas une sorte de marquis, ou un duc ? Enfin, vous avez un blason, pas vrai ? En tout cas, dis à ton grand-père – s'il est toujours en vie – qu'il a une très belle maison.

— M-merci, m-madame. M-mais j-je ne s-suis pas v-venu… »

Seulement Teresa ne fait déjà plus attention à lui, alors il tourne les talons et commence à s'éloigner à grands pas.

De loin, elle lui crie : « Tu cherchais Barbara ? Elle est au salon ! » Puis elle s'accroche à nouveau au portail et se remet à regarder l'ouverture de la boîte aux lettres. Mais le gecko a disparu.

16

Adossée au mur de l'arrière-boutique du salon Hair&-Beauty, tandis que son meilleur ami et son patron sont encore en train de comater, Barbie pense que sa dernière heure a sonné. Elle sentait bien que ça lui pendait au nez : les filles comme elle finissent soit tout en haut, soit tout en bas, dans la merde. Les coups de bol, ça n'a jamais été pour elle. Et si elle méritait ce qui lui arrive ?

Puis le garçon fait une chose à laquelle elle ne s'attendait pas : il desserre son étreinte et lui libère les mains, tout en maintenant la pression sur sa bouche. Il veut qu'elle écoute. Il veut lui parler. Il se concentre et se lance : « Je d-dois t-te d-dire une chose. Je t-t-t'ai éc-c-crit. T-tu es… »

Ça promet d'être long. Sans réfléchir, Barbie attrape son sac à dos par les bretelles et le balance à la tête de son agresseur. Il est sonné. Le coup, qu'il a reçu sur le nez, lui donne aussitôt les larmes aux yeux et sa vue se trouble pendant quelques dixièmes de secondes ; le temps nécessaire à Barbie pour finir de se dégager, le contourner, saisir le balai par le manche et frapper le garçon dans les couilles. Un coup. Deux coups.

La douleur est si atroce qu'il s'écroule.

Barbie assène le troisième coup, cette fois dans le dos. Puis un quatrième dans la nuque. Il tourne la tête et elle en profite pour viser la pomme d'Adam. Backswing et coup décisif : *birdie*. À moins que ce soit un *eagle*. Aux arbitres de trancher. N'empêche que le garçon s'effondre comme un tas d'os. La coiffeuse l'enjambe et se dépêche de ramasser son sac. Elle cherche son téléphone. Appeler Maicol. Mieux, la police. C'est quoi déjà le numéro ? 118, 113, 115 ? C'est plus simple dans les séries américaines, on fait le 911, point. J'appelle qui ? Elle ne trouve pas son téléphone.

« … Merde ! »

Il a dû tomber de sa poche.

Et puis elle l'entend sonner et vibrer : il a glissé près du garçon et se trouve à côté de sa main gauche et d'une rigole de sang qui coule de son visage. Barbie fait un pas vers le corps et se baisse pour ramasser son portable. C'est Maicol.

« T'es où putain, on peut savoir ? » réussit-elle à dire d'un trait. Mais elle est tellement soulagée d'être vivante et de l'avoir au téléphone que la colère ne transparaît pas dans sa voix.

« T'imagines pas ce qui vient de se passer ici… Maicol ?… Maicol ! Allô, Maicol ? Tu m'entends ? Tu m'entends ? ! »

Maicol a fait son numéro par erreur. Cet abruti a dû attraper le téléphone au réveil et appuyer accidentellement sur quelques touches. Barbie est sur le point de le rappeler pour lui dire ses quatre vérités, mais le garçon s'est relevé, il attrape le téléphone et le balance par terre. Il la regarde, en état de choc, le visage en sang. Il n'arrive pas à parler, le souffle toujours coupé par le coup qu'il a reçu à la gorge. Il lui attrape les mains d'une poigne solide et la fait tomber.

Barbie, sans savoir d'où lui vient cette force, replie le

genou contre sa poitrine et lui assène un coup de pied au visage ; elle entend le cartilage craquer dans un bruit sourd, les os qui cèdent sous sa semelle.

Plus tard, à ceux qui lui demanderont, elle racontera que c'était comme marcher sur des brindilles dans une châtaigneraie en automne. Ces branches sèches mais pas trop, agréables à piétiner parce qu'elles ont la consistance du bois mort en même temps que du bois vert, prêt à refleurir.

Mais à ce moment-là, derrière les bacs à shampoing, face au corps inerte de cet inconnu qu'elle aurait qualifié trente minutes plus tôt d'admirateur inoffensif et maladroit, le seul mot qui lui vient à l'esprit est un blasphème qui lui serre la gorge et l'empêche de respirer quelques secondes.

Les minutes qui suivent compteront parmi les plus importantes de sa vie.

D'abord, Barbie tourne au-dessus du corps du garçon comme un vautour. Sans savoir pourquoi, elle fouille ses poches. Mais comme il n'y a rien qui puisse remonter le temps et la ramener au moment où elle ouvrait le salon et l'invitait à entrer, elle fixe le nez cassé et le visage ensanglanté, la bouche comme un trou noir, le corps en vrac. Elle se rend compte qu'elle a merdé.

Les seuls mots qui lui viennent, c'est : non, non, non, non.

Pas moi.

Pas comme ça.

Pas possible.

Pas ça.

Je ne voulais pas.

Je ne voulais pas. Je le jure.

Puis elle pense à tout ce qui va arriver : la police,

l’arrestation, peut-être la prison, une vie gâchée. Elle raconterait l’agression, bien sûr. Mais qui la croirait, sans une égratignure ? Et lui, le bègue, le génie incompris des maths, un gentil garçon, solitaire et inoffensif quoiqu’un peu original. Non, ça ne colle pas. Barbie se souvient que, sous le salon, il y a un deuxième local où elle ne va jamais. Elle place une grande serviette sous la tête et les épaules du cadavre, lui ôte ses chaussures et le traîne par les chevilles jusqu’à l’escalier. Essayant de ne pas laisser trop de traces, Barbie enveloppe la tête ensanglantée dans la serviette et attrape fermement le corps sous les aisselles pour le descendre au sous-sol. En bas, elle traverse la première pièce, où sont entreposés produits, meubles et linge, attrape d’une main les clés au mur et ouvre la porte de la deuxième, qui sert de remise aux anciens propriétaires. Enfin, elle adosse le corps contre le mur et le regarde.

La serviette maladroitement enroulée autour de la tête commence à s’imbiber de sang.

Elle a vraiment foiré. Elle décide qu’elle doit parler à quelqu’un, peut-être Maicol, s’il daigne arriver un jour. Elle va plutôt remonter et l’appeler. Il comprendra, il sera témoin ; et alors seulement, pas avant, elle appellera la police et invoquera la légitime défense.

Mais Barbie s’effondre, submergée par une soudaine crise de larmes.

Qu’est-ce qu’elle a foutu ?

Elle s’est défendue, voilà ce qu’elle a foutu. Elle a réussi à sauver sa peau et elle l’a fait toute seule. Il y a de quoi être fière et pas de quoi pleurnicher.

Tout à coup, la serviette-éponge sanguinolente remue.

Un mouvement quasi imperceptible.

Barbie fixe la serviette. Si ça se trouve, il est encore vivant.

Rien.

Rien.

Rien.

De nouveau, un petit hochement de tête.

Elle a presque envie de le prendre dans ses bras. Au lieu de ça elle se lève et lui ôte le turban.

Le garçon a un œil ouvert, l'autre tuméfié et collé à cause du sang qui commence à se coaguler sur la paupière. Il a du mal à respirer.

Barbie remonte quatre à quatre l'escalier jusqu'au salon. Elle attrape une bassine pour la remplir d'eau tiède et, comme une pieuvre avec ses tentacules, récupère en même temps des serviettes propres sur l'étagère, renversant au passage la pile bien ordonnée.

Elle a un éclair de lucidité : et s'il voulait encore lui faire du mal ? Quand il a repris connaissance tout à l'heure, il a aussitôt essayé de l'attaquer. Pour la deuxième fois. Elle regarde autour d'elle, aperçoit une rallonge enroulable, s'en saisit puis retourne au sous-sol. Elle dépose le matériel près du corps. Dans la pièce voisine, elle trouve un vieux fauteuil de coiffure à l'accoudoir cassé. Elle dit au garçon : « Va falloir que tu m'aides. » Elle le soulève par les épaules et il essaye de tenir sur ses jambes toutes molles. Enfin elle parvient à le faire atterrir sur le siège.

Elle attrape la rallonge, déroule dix mètres de câble autour de son corps et sécurise le tout par une série de nœuds et en insérant la fiche dans la prise de l'enrouleur. Après quoi, très doucement, elle commence à lui nettoyer le visage avec de l'eau tiède et une serviette. À part son nez cassé, une coupure saignante mais peu profonde à la tempe droite, quelques égratignures et des traces de coups qui commencent à enfler, il a l'air d'aller bien. En tout cas, il est vivant.

Au dernier passage de la serviette, Barbie repousse la mèche de cheveux noirs qui recouvre la plaie sur sa tempe.

« Tu serais presque mignon, sans ce nez ! »

17

Le mois de mai est presque radieux.

À Ogno, c'est le mois où l'on vérifie l'état de la vigne, où l'on planifie la vinification et où l'on estime, avec les œnologues et les négociants, si ce sera un bon millésime. Les vignerons s'assurent une place dans le guide étoilé, à grand renfort de cadeaux et de promotions. Au début du mois, on récolte les raisins de serre. Il y en a peu : les collines sont si ensoleillées qu'on pourrait se passer de serres. Ici, vigne rime avec vie, depuis toujours. En mai, elle se réveille, elle fleurit, elle remplit les collines de parfums et d'insectes. En mai, on cueille les jeunes feuilles, on les fait sécher jusqu'en août pour obtenir une décoction riche en tanins, véritable panacée pour les problèmes cardiaques. Hélas, ça ne résout pas tous les problèmes de cœur.

Le mois de mai est presque radieux.

L'année scolaire est sur le point de se terminer, et à la paroisse d'Ogno les groupes d'amis se forment parmi les jeunes qui participeront aux GREST [1], iront au camp scout main dans la main, organiseront des excursions et des pique-niques, formeront des bandes ou des couples.

1. Camps de vacances et d'éducation religieuse organisés par les paroisses dans le nord de l'Italie.

Le temps d'un été, avant la rentrée de septembre, ils se disputeront pour une raison quelconque, se déchireront, et chacun en gardera une profonde cicatrice au cœur. La mort de leur amitié leur servira de leçon : jamais plus ils ne feront confiance, ne s'abandonneront, ne se mettront à nu.

Le mois de mai est presque radieux.

À Ogno, chez les ouvriers comme chez les entrepreneurs, on est occupé à chercher la meilleure option pour ses vacances d'été en famille. Chacun, sur les conseils de connaissances ou d'amis et mû par une certaine ambition personnelle, planifie à sa manière l'exode estival. Untel obtient un crédit pour partir une quinzaine de jours dans un paradis au bord de l'océan ou une île exotique, affirmant ainsi sa réussite en tant que personne qui travaille dur et facture en conséquence. Il ignore qu'au moment où il signe l'emprunt et s'engage à rembourser les mensualités à taux zéro avec remboursement de la TVA grâce à une formule spécialement conçue pour son activité, une maladie incurable se propage depuis le creux de son estomac et forme de vilaines métastases qui en quelques mois le transporteront de sa chambre décorée de trophées indigènes et de souvenirs tropicaux à une chambre d'hôpital éclairée au néon, puis à un cercueil en pin. La famille optera pour la crémation, plus économique, car si son numéro de TVA disparaîtra avec lui, ses dettes lui survivront, y compris auprès de la Sécurité sociale. Ses enfants, pour l'heure ravis de susciter la jalousie de leurs camarades – qui n'auront droit qu'à une pataugeoire installée dans la cour brûlante de la paroisse pendant qu'eux se prélasseront dans les lagons –, ne tarderont pas à découvrir l'angoisse de l'endettement héréditaire. Ils apprendront que la vie, loin d'être un cadeau, n'est qu'une petite avance de capital devenue trop tôt une énorme dette résiduelle.

Le mois de mai est presque radieux.

À Ogno et dans tous les villages voisins, kermesses et rassemblements célèbrent l'avènement d'une nouvelle ère qui approche : celle de la sécession. Au son festif et rugissant de la chasse à la chevrotine, des hordes d'autochtones pur-sang vêtus de diverses nuances de vert et parés de coiffes à cornes celtiques, assis sur d'étroits bancs en bois et accompagnés de leurs fidèles amis à quatre pattes qui se régalent des restes du gibier à plumes – abattu, malgré l'interdiction, du haut des miradors à l'issue d'un long après-midi cuisant –, acclament le chef suprême, le leader, qui brandit, menaçant, le drapeau avec lequel il se torchera bientôt. Un exalté, au mépris des recommandations des autorités sanitaires, trinque avec l'eau sacrée du Pô, comme pour rappeler le droit du fleuve à s'assécher et à empoisonner en toute autonomie.

La *Macroregione*, plus qu'un sujet politique, est un récit mythologique qui remonte aux temps où l'Italie ne s'appelait pas encore Italie. Ici, la Lega, on l'a dans le sang. « Rome la voleuse » est un psaume accompagnant chaque pèlerin qui, de Turin à Venise et de Venise à Turin, fait la navette entre la maison et le travail, entassé dans un wagon à bestiaux.

Le peuple padan en a dans les tripes, pour être ainsi attaché à ses terres : ce sont de véritables décharges dissimulées sous la vigne, des terres contaminées, des rivières mortes, des champs infestés de chaux et de mercure. Y prolifèrent des monstres de béton, des squelettes d'entrepôts abandonnés, ne servant plus qu'à accueillir des formes d'art contemporain, sans véritable soutien politique ou financier.

TU ES DANS UN PAYS MERVEILLEUX [1]. Même les panneaux de la station Autogrill ne revêtent pas la même signification ici que dans le reste de l'Italie.

Ogno est coincé là, au cœur de la *Macroregione*; et c'est en elle qu'il puise sa force, son esprit, l'illusion d'être un lieu où il fait bon vivre, aimer et crever. La tornade de béton partie de la cité-État milanaise a généré une constellation de zones résidentielles et commerciales que même les familles d'immigrés finissent par fuir, préférant suivre la voie de la délocalisation et emmenant avec eux les rares enfants qui jouent encore dans les parcs et dans les rues. C'est une cosmogonie de mirages et de tromperies, où les jeunes ont des prénoms de personnages de séries télé et les vieillards de mystérieux prénoms bibliques, où les communes de plus en plus microscopiques se retranchent derrière un orgueil têtu, opposant l'expérience personnelle de chacun aux statistiques pour tenter de les rendre moins sombres et moins violentes. Mais le tableau n'est complet que s'il englobe tous ceux qui se tournent vers le Pirellone [2] qu'ils ne verront jamais.

Le mois de mai est presque radieux.

À Ogno, une boutique va ouvrir, sur la départementale côté sud, en face du salon Hair&Beauty. Certains parlent d'un magasin de vêtements, d'autres d'un salon de beauté, peut-être les mêmes propriétaires que le salon de coiffure, ces deux homos mal assortis. D'autres redoutent un de ces clubs où les millenials se retrouvent le samedi soir pour

---

1. « *Sei in un paese meraviglioso* », campagne d'affichage mise en place par Autostrade per l'Italia (entreprise chargée de la gestion des autoroutes) pour conseiller aux automobilistes la visite de lieux insolites proches des stations-service.

2. Surnom de la tour Pirelli à Milan, symbole du miracle économique italien de l'après-guerre.

boire et faire du bruit avant d'aller se tuer quelque part dans un endroit paumé au milieu des champs, ou à la frontière du monde connu.

Le mois de mai est presque radieux.

Chez Fausto et Teresa, c'est le grand froid, à peine tempéré par les bonnes manières dans leur cohabitation à bout de souffle où règne une méfiance réciproque. Depuis la découverte de la lettre d'amour, Fausto voit la moindre absence de sa femme comme une preuve incontestable d'adultère. Qu'elle soit dans le jardin, sur le balcon, dans la cage d'escalier, dans l'allée ou à la fenêtre, peu importe : le moindre soupir ou regard dans le vague semble porter une accusation contre Fausto, revenu pour empêcher son émancipation de femme infidèle et d'amante passionnée. D'accord, il était parti, mais un homme peut partir et revenir ; et quand il revient, il est en droit d'exiger d'être respecté, dorloté et rassuré.

Le mois de mai est presque radieux.

Plus aucun mot de haine n'a volé entre Gian et Ric. Le silence s'est installé entre eux, même si la communication est toujours établie : par l'intermédiaire des gens et du réseau téléphonique, les méchancetés, une fois prononcées, se répercutent en tous sens, s'amplifiant à chaque étape jusqu'à devenir une histoire tellement énorme que plus personne n'y croit.

Le mois de mai est presque radieux.

Mais pas pour Ric, qui en est venu à coucher avec son jeune employé à la sexualité fluide, un garçon du pays dont même la sueur a le goût de province, et semble lui couler directement du cerveau. Un jeune homme tourmenté chez qui Ric retrouve ce désir de fuir qu'il connaît bien. Cette relation, comme beaucoup d'autres avant elle, est pour lui un supplice de Tantale, des soirées imprégnées de silence et d'alcool, la télé à plein volume pour ne pas avoir à parler quand il n'y a rien à dire. Ce gamin ressemble à tous ceux qui sont entrés dans son appartement, trop lâches pour demander au vieux coiffeur de payer les passes. Ric aussi, autrefois, entre deux acides, rêvait de Milan, Londres, New York ou d'une autre ville lointaine, n'importe où mais ailleurs.

Le mois de mai est presque radieux.

Mais pas non plus au sous-sol du salon Hair&Beauty, où une coiffeuse exubérante, nourrie de trop d'illusions, regarde le garçon qui a tenté de l'agresser et contre qui elle s'est défendue avec une force qu'elle ne soupçonnait pas ; le même garçon impuissant qui, désormais ligoté sur un vieux fauteuil à un seul accoudoir, lui demande de l'eau.

Barbara, dite Barbie, pose lentement le bord d'un gobelet en plastique sur les lèvres du jeune homme, en redoublant d'attention car, après le coup à la pomme d'Adam, il risque de s'étouffer.

18

Le garçon s'appelait Ermes, et c'était le fils du vieil Inri. Pas le méchant qui crevait le ballon des enfants : le père d'Ermes était un homme de la terre, simple, qui passait la majeure partie de son existence sur son tracteur, allant et venant au milieu de ses vignes dans les collines d'Ogno et de ses environs. En vérité, Ermes n'était pas le fils du vieil Inri. Le vieil Inri ne pouvait pas avoir d'enfants, mais il ne l'avait compris qu'à la mort de sa femme. Elle lui en avait donné cinq, de trois pères différents, et lui avait confié le nom de deux d'entre eux, emportant celui du troisième dans la tombe. Face à ce silence, le vieil homme avait craché sa malédiction au visage de sa femme juste avant qu'elle n'expire. Il avait tant souhaité savoir qui était le père de ce fils. Si même le cancer n'avait pas réussi à la faire avouer, c'est que son secret était de ceux qui méritent le châtiment éternel, comme avoir couché avec un membre de la famille. Or du côté d'Inri il n'y avait plus personne : un frère absent depuis quarante ans et des parents décédés juste après la guerre. Il était sans famille, le vieil Inri. Une âme desséchée, comme sa peau durcie par le soleil et par la solitude, qui même en baisant par désespoir ne pourrait jamais s'offrir de compagnie. Il avait élevé cinq enfants tout en travaillant quatorze heures par jour sur son tracteur, multipliant les allers-retours entre les champs et les hangars. Il les avait élevés, ces enfants, retors et sinueux comme la vigne. Et aucun n'était vraiment le sien.

À l'enterrement, en regardant le prêtre parler de sa femme et raconter des choses dont il ne se souvenait même pas, il remarqua quelque chose.

Dehors le soleil brillait, de cette lumière aveuglante des premiers jours d'été qui se reflète sur les collines et se dirige droit vers les chrétiens. C'était la période où les yeux d'Ermes devenaient d'un vert si vif qu'il aurait voulu les lui arracher pour les sertir et les offrir en preuve d'amour à une femme ; parce que n'importe qui, face à ces yeux, dirait oui. Le vieil Inri, la rage chevillée au corps à la pensée de ces quarante années d'imposture et d'effort pour entretenir une famille qui n'était pas la sienne, écoutait le prêtre et le regardait droit dans les yeux.

C'est alors qu'il le reconnut : le même vert que son fils, intense comme celui des feuilles de vigne, celles que l'on cueille en mai et qu'on fait sécher sur les toits des auvents. Le vieil Inri, assis au premier rang de l'église pour les funérailles de sa femme, se leva, les poings serrés, la veine sur sa tempe palpitant comme jamais, à tel point que le prêtre se tut et que pendant un instant les enfants du vieil Inri et tous ceux assis à proximité pensèrent que sa tête allait exploser sur ses épaules et inonder l'église d'un sang noir de colère.

Ses ongles durs de paysan enfoncés dans la chair de ses poings fermés, le vieil Inri était immobile, fixant les yeux verts du prêtre qui restait là, muet et interdit, comme une statue posée sur la chaire.

Enfin, la veine cessa de battre, le vieil homme pivota sur lui-même, prit le chemin de la nef centrale et sortit, laissant derrière lui les obsèques de sa femme, ses enfants illégitimes, l'indignation des gens et leur hypocrisie silencieuse. Ce fut le dernier jour où le vieil Inri prononça un mot. Que seul Ermes entendit. Et il jura de ne le dire à personne, jusqu'à la mort, comme si ce mot était un legs : le seul cadeau de son père qui ait une valeur pour eux deux.

Retenu prisonnier dans le sous-sol sombre du salon Hair&Beauty d'Ogno, Ermes a bien cru qu'il était mort, ou si proche de mourir qu'il fallait envisager de partager le dernier mot de son père avec quelqu'un. Mais le coup reçu à la pomme d'Adam lui a noué la gorge.

La coiffeuse le regarde, assise par terre dos au mur. Elle est effrayée, en colère, et réfléchit à un moyen de se sortir de cette galère. Elle n'a pas appelé la police, n'a pas appelé d'amis pour qu'ils viennent le tabasser, elle n'a même pas ouvert le salon pour qu'un client vienne à son secours. Peut-être que tout n'est pas perdu : il peut encore lui dire ce qu'il ressent pour elle.

Après avoir bu une gorgée d'eau – une seule, parce que le simple fait d'avaler lui fait un mal de chien –, il parvient à lui dire pourquoi ils se sont vus dans le bus puis dans le train pour Milan, pourquoi il l'a attendue devant le salon et suivie jusque dans la réserve, l'a immobilisée contre le mur en pressant une main contre sa bouche et en bloquant ses bras de l'autre. Il essaye aussi de lui expliquer pourquoi elle n'aurait pas dû avoir peur : pour la simple et unique raison qu'il est amoureux d'elle.

Il remonte loin, depuis les lettres qu'il lui a écrites et dans lesquelles il a mis toute la poésie dont il était capable. Il lui dit comment il la voit : une femme sublime, trop belle pour ces collines, ces vignes, ces bacs à shampoing, cette ville et ses habitants. Trop belle pour un homme ordinaire, de ceux que Barbara s'obstine à pourchasser, voire à aimer, comme si elle ne valait pas mieux. Il lui parle de toute cette beauté et de cette innocence gâchées dans des relations désastreuses, lui dit que vouloir à tout prix changer ne l'a menée nulle part. Elle est restée coincée au même endroit, entourée des mêmes gens, ces hommes toujours différents sont toujours les mêmes. Et ses rêves, ceux pour lesquels elle troque tout, son corps, son cœur, sa jeunesse, sont chaque jour plus lointains. Mais lui peut la sauver. Il la poursuit depuis un certain temps, armé de son seul pardon. Par la pureté de sa poésie, il a voulu lui faire part de ce sentiment qui l'autoriserait à être la femme qu'elle mérite d'être. Il lui a écrit combien elle perdait son temps à courir après d'autres hommes et d'autres cieux, alors qu'un seul ciel rempli d'amour lui suffirait pour vivre heureuse.

En l'écoutant prononcer, non sans peine, son long discours, Barbara a envie d'embrasser ce garçon si étrange, si naïf. Elle l'embrasse ; et l'embrasser lui donne envie de déboutonner son pantalon ; et en déboutonnant son pantalon elle découvre que, derrière toutes ces belles paroles, il a le même désir que n'importe quel autre homme.

Quand il ne reste plus ni mots ni désir, elle le détache du fauteuil et lui dit qu'il ferait mieux de partir et de la laisser tranquille.

Il essaye de dire quelque chose mais sa gorge s'est de nouveau nouée.

Tandis qu'il monte difficilement l'escalier, Barbara lui promet de ne rien dire à condition qu'il l'oublie et ne revienne jamais.

« Ah, une dernière chose. Ces lettres dont tu parles, je les ai jamais reçues. »

19

Nettoyer un sol taché de sang n'est pas une mince affaire. Surtout quand c'est un sol en mosaïque palladienne, jaunie par le temps, conservée au moment de la rénovation du salon. Barbie n'en vient pas à bout. L'eau et l'ammoniaque ne fonctionnent pas. L'eau froide semble seulement effleurer les taches : il reste une auréole jaunâtre, semblable à une poche de pus. Trop visible pour ne pas avoir à s'expliquer ; voire à payer pour les dégâts. Puis elle se souvient du jour où mamma Teresa est rentrée à la maison après s'être fait arracher une dent, la gencive encore à vif. Eau oxygénée et rinçage abondant à l'eau tiède.

Le sol est comme neuf. Parfait.

Lorsque le rideau de fer se referme après deux jours d'inventaire fictif, tout est désormais derrière elle.

D'une certaine manière, les choses s'arrangent au salon.

Les jours retrouvent un équilibre. Barbie continue de voir le photographe avec qui elle a des disputes occasionnelles sur le thème « toujours pas d'audition en vue » et d'autres, beaucoup plus rares, sur le thème « avenir commun ». En revanche, elle ne voit plus, dans la rue, à l'arrêt de bus ou devant le salon, le languissant Ermes, qui a visiblement pris au pied de la lettre l'ordre de disparaître. Elle ne l'avouera jamais à personne, mais il lui manque un peu: c'était la première fois qu'elle avait affaire à un homme vraiment amoureux. Du moins, il en avait tout l'air. Enfin, les mecs ont toujours l'air amoureux, au début.

Ric fait son retour au salon, toujours aux prises avec ses souvenirs, d'abord, puis maltraitant les clients qui regrettent son associé plus jeune et plus branché, et enfin envoyant chier une bonne moitié d'entre eux qui – avec leurs gros sabots – continuent de demander après Gian sans comprendre que la phrase «il nous a quittés» n'attend aucun commentaire, encore moins un «pourtant je l'ai vu pas plus tard qu'hier».

Sa relation avec Maicol a adopté un rythme de croisière: en vertu de la loi du plus mûr, du plus autoritaire et du plus routinier, leurs rencontres nocturnes ont lieu les jours pairs. En contrepartie, le jeune homme exige d'y apporter au moins un peu de piment, car qui n'est pas défoncé ne jouit qu'à moitié.

Le chantier de l'autre côté de la route se termine un jeudi. À 19h30, après le dernier coup de cloche paroissiale, le nouveau commerce ouvre ses portes avec une opening party jamais vue à Ogno. On inaugure le Look for Lust. Un hair concept qui repousse les limites du hairstyle. Le Look est on ne peut plus lounge, le mobilier incontestablement luxury, le mood incroyablement fashion. À se demander ce que fait un lieu pareil sur la nationale.

Gian, qui dirige l'établissement, l'a ouvert avec le soutien d'un mystérieux investisseur dont tout le monde semble savoir beaucoup de choses.

À l'inauguration, histoire d'annoncer dès le départ que le style n'est pas une affaire d'amateurs mais d'homos branchés et fiers de l'être, il y a un DJ set avec projections laser sur les fermes et copropriétés alentour ; un bar lumineux à l'entrée et deux barmans freestyle qui font couler des rivières de mojito, de manhattan et de daïquiris. Une faune inhabituelle à Ogno, où les homosexuels passent pour des êtres bizarres, sensibles et raffinés, mais certainement pas des individus solidaires, fêtards et dotés d'un statut juridique et social. La ville est loin d'être prête à accueillir une telle concentration de gays décomplexés, surtout un soir de semaine où tout homme qui se respecte devrait être chez lui en train de dîner en famille et de regarder le JT.

Ric est hors de lui.

Ayant tout de suite compris que le lieu allait lui faire concurrence, il a passé en revue les invités, les amis communs et connaissances venus donner leur bénédiction en échange de tequila gratuite. Fort de son statut d'homme abandonné et de pédé impulsif, il pénètre d'un pas décidé dans le salon dans l'intention de faire une scène. Ce qui échoue pour deux raisons. La première, c'est qu'il ne trouve pas Gian. L'endroit a beau avoir les dimensions d'un salon de coiffure, il y a tellement de monde qu'on se croirait dans une discothèque. La seconde, c'est qu'à cause du bruit il renonce à crier avant même d'avoir ouvert la bouche.

Au milieu du chaos, il reconnaît Barbie en compagnie du photographe. Elle tente de justifier sa présence d'un air coupable, mais il ne distingue pas les mots, couverts qu'ils sont par les basses infernales du système Bose

– tellement puissantes qu'elles lui donnent la chair de poule. Il finit par tourner les talons pour repartir dans sa tanière. Il s'engouffre fissa dans sa voiture et envoie un message à Maicol : CHEZ MOI. HEURE HABITUELLE.

Une fois à la maison, dans le silence des murs et de celui de son jeune amant qui l'écoute distraitement, il hurle que la vie est injuste, les amants tous pareils. Peu importe leur âge. Les hommes sont comme ça. Pourris. Aimer est une chose profonde, qui demande de s'impliquer et se conjugue au futur. Au lieu de ça, il est condamné à vivre dans une époque peuplée de faux pédés, de prostitués qui s'ignorent, incapables d'aimer, qui profitent des gens sincères comme lui et leur vendent leur corps dans le seul but d'être entretenus ; trop fiottes pour être indépendants, pas assez virils pour entretenir une relation d'égal à égal ; et qui se fichent pas mal de coucher avec un homme ou une femme.

« N'importe qui peut devenir pédé aujourd'hui, tu le sais ça ? Aujourd'hui, se vanter d'être pédé et écarter les fesses ouvre de nombreuses portes. Et si tu ne sais ou ne veux rien faire, tant mieux. Tu trouveras toujours un pauvre connard comme moi : pas un gay, mais un pédé, un vrai, jusqu'à la moelle. Je sais ce que c'est, moi, de devoir se cacher parce que les gens – ceux avec qui on est obligé de vivre, ceux qu'on croise tous les jours – nous jetteraient encore des graines de fenouil en nous regardant brûler[1],

1. L'insulte « *finocchio* » (littéralement « fenouil ») à l'encontre des homosexuels a des origines incertaines. La plupart des théories établissent un lien avec les bûchers pour les sodomites, au Moyen Âge, sur lesquels il aurait été d'usage, pour couvrir l'odeur de la chair brûlée, de jeter du bois de férule (bois spongieux du fenouil sauvage)

s'ils le pouvaient. J'ai quarante-cinq ans et j'ai toujours pas compris qu'il est impossible de vivre avec les hommes. Je ne suis plus fait pour cette vie-là. J'en peux plus. Ça suffit. Je vais tout foutre en l'air. Je le jure. »

Maicol lui demande ce qu'il va faire. Il est défoncé, comme il se doit le jeudi dans cette maison, dans cet endroit du monde, dans ces circonstances. N'empêche qu'il est secoué : Ric débloque grave.

Il en a la confirmation quand ils se retrouvent au lit. Ne jamais baiser avec quelqu'un qui vient de rompre, encore moins s'il a perdu la face devant son ex. Chez les pédés comme chez les autres, quand un couple explose il n'y a plus de fair-play qui tienne : la compétition est ouverte, et le premier qui s'effondre a perdu. Il ne fera que sombrer. Celui qui arrive après peut toujours essayer de relever le perdant, l'amour-propre pèse plus lourd que le corps et ne te brise pas seulement les reins. Résultat : rien.

Rien.

Attends, peut-être.

Rien.

Zéro.

La dépression caspienne.

« Bon, je vais y aller.

— Non, reste, s'il te plaît. On pourrait boire un verre. Discuter.

— Je me lève tôt demain. »

---

ou des tiges et des graines de fenouil. D'autres thèses font remonter l'étymologie de l'insulte au légume homonyme parce qu'il a une tige creuse, que le fenouil mâle est plus savoureux que le fenouil femelle, et que c'est une plante agamétique (qui se reproduit sans être pollinisée). Une autre théorie relie « *finocchio* » à son acception médiévale de « pauvre », « perfide », « méprisable ». *(N.d.A.)*

Ric le regarde sans le voir et, en quelques secondes, Maicol a ramassé sa veste, il est déjà parti.

Seul, affalé dans le fauteuil, Ric fume et s'enfonce dans son mal de vivre. Inspiration, expiration, nuage. Inspiration, expiration, nuage.

Quel pied, d'expulser toute sa culpabilité en même temps que la fumée d'une clope.

Sans qu'il comprenne comment, il se retrouve au volant de sa voiture à 1 heure du matin, sur la nationale d'Ogno, direction nord. À la bouche une énième cigarette, et tout ce qu'il n'arrive pas à s'avouer. Il est à court de mots. Il s'arrête.

Inspiration, expiration, nuage. Inspiration, expiration, nuage. Inspiration, il jette, nuage, il sort. Traverse la route.

Nationale 69, côté sud. Entrée du salon Look for Lust, fraîchement inauguré et béni par des flots d'alcool dans une consécration pansexuelle.

Ric se tient debout devant la porte. Dans sa main gauche un jerrican de dix litres, rempli de cinq euros d'essence. Dans la droite une poignée de graines de fenouil qu'il vient de piocher dans la poche de sa veste et qu'il commence à répandre sur le tapis en métal de l'entrée, où est gravé le nom du salon.

UNE SEMAINE AVANT

1

Détruire est parfois la meilleure chose à faire. Mais cela pose toujours le même problème : que reste-t-il quand tout est parti en fumée ? La mise sous scellés, les cendres, les décombres : chaque destruction laisse quelque chose derrière elle, au moins des conséquences. On ne saurait conclure une guerre, aussi sanglante soit-elle, en y répandant du sel comme les Romains à Carthage.

On est un peu avant la nouvelle crise financière de mai 2011.

La stratégie macrorégionale est sur toutes les lèvres. Celles de l'Europe, d'abord, qui commence à fantasmer l'idée de se scinder en deux, en s'émasculant d'un Sud jugé faible et lent. Dès l'instant où les dettes sont mises au jour, il n'y a plus de solidarité continentale ni d'identité culturelle commune qui tienne. Les fleuves d'encre qui coulaient pour défendre une politique de la raison et du compromis se tarissent, remplacés par des après-midi entiers de talk-shows stériles où les mots prennent un autre sens. La solidarité devient « rationalisation des populations » ; plutôt que d'unir les gens, on les divise en « zones de coopération », des lieux définis par la finance plutôt que par la vie, des lieux où tout est décomposable et divisible – la mer en espaces maritimes, les montagnes en massifs, l'eau en bassins.

Dangereusement suspendus au bord du gouffre de l'austérité, de Gibraltar à Tallinn, de Londres à Pantelleria, les gouvernements chantent en chœur l'hymne à l'indépendance. L'union ne fait pas la force. Ils crient: « Nous voulons être seuls. »

Aux quatre coins de l'Europe, des régions s'organisent pour tracer de nouvelles frontières, nouer de nouvelles alliances. Le spectre de la pauvreté s'étend et le démon du chômage infeste les immeubles pendant qu'on délocalise les entreprises. On se choisit pour ennemi le voisin le plus proche, et la botte italienne se déclare enthousiaste à l'idée de s'amputer la jambe au niveau du genou.

C'est à ce moment historique qu'un matin, le terne et dévoué contrôleur d'une holding qui vient de valider le sauvetage d'un célèbre constructeur automobile asiatique retrouve dans son tiroir le dossier Diatto, prestigieuse marque italienne. C'est le dernier chapitre d'une série d'acquisitions qui a cruellement séparé l'estimée Bugatti, au cours de la période de liquidation des actifs, de ses benjamines Maserati et Diatto.

Le contrôleur se propose d'en estimer la valeur sans s'intéresser à son histoire. Or Diatto, c'est un siècle d'histoire de l'Italie.

Tout commence cent ans plus tôt. La guerre approche, et elle s'accompagne d'un espoir ambivalent, ainsi que de deux événements cruciaux pour le destin de l'entreprise Diatto.

Le premier est un mariage, entre le technicien Ettore Bugatti et la Società Anonima Officine, fondée par les frères Diatto en 1899, à Turin. De leur amour naîtra le moteur huit cylindres destiné à l'armée de l'air, dont les essais commencent en mai 1915 et se terminent un an plus tard par un télégramme enthousiaste du directeur général, Vittorio Diatto :

HEUREUX D'ANNONCER LES EXCELLENTS RÉSULTATS DU MOTEUR. TEST TERMINÉ AVEC BRIO À 210 CV.

Le deuxième événement est la signature d'un accord entre l'État italien et Diatto qui, via la société française Gnome et Rhône qu'elle vient de racheter, s'engage à lui fournir des véhicules militaires et ferroviaires. L'entreprise investit dans la guerre, pariant tout ce qu'elle a sur une Italie unie et victorieuse.

Mais après les hostilités, le gouvernement refusera de reconnaître le patriotisme de Diatto et de s'acquitter de ses dettes. Dans les couloirs de l'entreprise, il se murmure que tout ça serait une manœuvre politique : un autre grand groupe industriel fait pression, la Fabbrica Italiana Automobili Torino, ou Fiat pour les intimes.

Chez Diatto, on fait taire rapidement cette rumeur : les Agnelli, propriétaires de Fiat, sont des alliés. En 1917, en effet, Fiat et Diatto avaient uni leurs forces, fusionnant une partie des usines de production pour donner vie à Fiat Ferroviaria.

Pourtant, en 1920, l'État bloque le solde de six millions de lires de Diatto, l'obligeant à assumer un coût dont la société pourra difficilement se relever. Malgré ses efforts,

Diatto finira par capituler : en 1931, la production des voitures Diatto s'arrête[1].

Plus le capitalisme libéral semble mettre de l'ordre en imposant la loi du plus fort, plus il entasse de cadavres dans le placard, attendant l'heure de la vengeance.

Revenons-en donc à notre dévoué contrôleur de la holding et à son tiroir où depuis quatre-vingts ans repose le dossier Diatto sans jamais avoir trouvé la paix.

C'est précisément le temps qui permettra à Diatto de prendre sa revanche. L'époque des hostilités et des infamies révolue, la marque a, tant bien que mal, survécu à l'endettement en s'accrochant à son prestige historique.

L'intégrité de Diatto, malgré ses dettes, en a fait la seule marque automobile à être restée dans le nord de l'Italie. De quoi l'élever au rang de diamant d'une valeur de plus de trente millions d'euros sur le marché mondial. Unique en son genre dans la *Macroregione*, elle jouit d'une réputation sans égale. Peu importe qu'elle ne génère plus de travail, de biens, de progrès : c'est la marque qui compte.

Mais attention, précise le contrôleur : cette valeur n'est pas absolue, elle dépend de son potentiel de célébrité. La holding estime que chaque jour, au moins dix personnes capables de reconnaître Diatto quittent ce monde, et que chaque semaine il en va de même pour une centaine d'individus se souvenant encore du Grand Prix huit cylindres, de la Tipo Sport, du blason du trident, du châssis abaissé et du radiateur à grille droite.

Les gens ne se contentent pas de mourir, ils emportent

1. Si la fermeture définitive des usines a eu lieu seulement en 1955, la production des voitures Diatto a cessé en 1931. *(N.d.A.)*

dans la tombe tous les efforts du département marketing. Une marque n'a pas de valeur si elle n'a pas d'histoire. Mais aucune histoire n'a de valeur si personne ne la raconte.

L'employé de la holding sait qu'il n'y a qu'une seule manière de redonner son lustre à Diatto : repartir d'où elle s'était arrêtée, c'est-à-dire de la guerre. Il est temps de récupérer ce qui lui a été volé.

Bien sûr, la guerre financière est moins excitante que la guerre politique. Les hommes ont changé depuis un siècle, ils ne se battent plus pour les mêmes principes ; ils ne viennent plus des mêmes pays, et ont souvent complètement renié le leur. Pourtant quelque chose subsiste, du local au global, de l'intime à l'épopée, de la province aux capitales : rien n'est perdu tant qu'il reste une bataille à mener. Et peu importe qu'elle ait un sens. Nul besoin d'un véritable ennemi : s'il n'existe pas, il suffit de l'inventer.

Tant qu'il y a de la guerre, il y a de l'espoir. Et s'il n'y a personne contre qui se battre, la *Macroregione* est prête à se déclarer la guerre à elle-même.

2

Fausto n'a jamais compris cette passion qu'ont les gens pour la téléréalité. Beaucoup de choses lui échappent, à la télé. Et pour avoir vécu un temps en Ukraine, avec une femme qui lui paraît aujourd'hui aussi médiocre que les autres, il peut dire que la télé est la même là-bas. Sans le savoir, Fausto a appris l'une des règles de la mondialisation des médias : ce qui est universel, c'est la forme, et pour s'adresser à n'importe qui, n'importe où dans le monde, il faut se débarrasser du fond. Et puis, les choses cool ne le sont à nos yeux que parce qu'elles se trouvent ailleurs : dans un lieu intangible comme la télévision ou Internet, où chaque chose et chaque personne prennent une autre dimension.

Dans un monde aveuglé par sa foi en la technologie, la mondialisation est une tentative de créer un paradis unique pour tous. Les personnalités de la télévision sont des icônes sacrées. Les magazines, des livres de prières. Les génériques d'émissions, des cantiques. L'ouverture d'un profil, un baptême. Les réseaux sociaux, des cathédrales. Les séries, des paraboles illustrant les nouveaux préceptes moraux. L'année 2027, année zéro de l'effondrement de la production d'énergies fossiles, l'apocalypse.

3

Vendredi, 22 h 30.

La télévision publique diffuse la dernière émission de téléréalité avant la pause estivale. C'est l'heure de la finale. La présentatrice Simona Ventura, filmée avec ajout de filtres qui rendent sa peau brillante et lisse comme si elle était en silicone, invite le public sur le plateau et les téléspectateurs à se demander qui va remporter la saison.

« Allez, tous ensemble : QUI VA REMPORTER LA SAISON ? »

Deux hommes et une femme, depuis plus de quatre mois, vivent coupés de la réalité dans la prison de l'audimat.

Trois personnes qui ont consacré leur vie à ça, pense Fausto : cent vingt jours devant les caméras, un moment de gloire sous les projecteurs, puis un lent déclin médiatique jusqu'à devenir de la chair à magazine avant de sombrer dans l'oubli. Fort de cette certitude, il enfonce un petit doigt dans son oreille droite, fouille un peu et en ressort sa prise qu'il roule entre ses doigts et jette par terre. Il abandonne le canapé pour aller se coucher. Pourquoi pas lire quelques pages. Ou dormir. Ça, c'est sûr.

« Tu regardes pas la fin ? » demande Teresa, debout derrière le nuage de vapeur du fer à repasser. Fausto a une sensation de déjà-vu. Il y a encore quelques jours, le sentiment de culpabilité l'aurait ramené sur le canapé, l'aurait tenu éveillé et lui aurait fait se souvenir du nom du saint médiatique canonisé ce soir-là. Mais pas aujourd'hui. C'est du passé.

« Je vais me coucher. »

Allongé sous la couette, en slip et débardeur, Fausto regarde le plafond de la chambre d'amis. Il ne lit pas. Ne dort pas. Ce soir, il attend.

4

« Tu veux pas voir la fin ?

— Je m'en fous, de la fin.

— *Chhhut !*

— Allez, arrête, reviens t'asseoir.

— Va te faire foutre, pauvre conne.

— *Chhhuuut ! Ça suffit enfin ! Sortez !*

— Quoi ? T'as dit quoi, là ? Viens là et répète ça ! »

Barbie se lève et quitte la salle. Elle court après le photographe jusque dans le hall gigantesque du Ritz, où l'écho est tellement puissant qu'on se croirait au sommet du mont Spitz. La soirée a mal commencé, ils avaient des attentes différentes. Elle voulait voir une comédie romantique et ensuite parler de l'avenir de leur relation. Lui voulait qu'elle lui fasse un truc dans le noir dont il pourrait se vanter, à la limite juste une branlette, et ensuite la plaquer.

Ni l'un ni l'autre n'a le courage de dire ce qu'il pense vraiment. Barbie pleure. Elle le traite de connard, dit qu'il la mène en bateau depuis des mois.

« T'es qu'un menteur. Quand tu m'as dit que j'étais assez belle pour faire de la télé, c'était un mensonge. Tu m'as jamais emmenée sur un plateau ou à une audition. T'as pas pris une putain de photo de moi avec ton portable !

— Je te l'ai dit, t'es pas prête.

— Par contre pour baiser au cinéma, pas de problème, je suis prête, c'est ça ? »

Cette phrase rappelle au photographe combien ce fantasme lui tient à cœur : une petite besogne vite fait bien fait dans l'obscurité d'un cinéma bondé. Ou juste une branlette.

« Mais non, arrête. Je voulais pas t'en parler tout de suite, mais puisque t'insistes…

— Quoi ?

— Les auditions pour les *veline* commencent dans un mois et…

— Et ?

— Je t'avais promis de te faire passer un essai, non ?

— Noooon !! »

Barbie se jette à son cou, rayonnante.

« Mon amour ! Tu sais que je t'aime ? »

Ils s'embrassent avec la langue.

« Tu m'aimes aussi, alors. Et tu me trouves assez belle pour faire de la télé ? »

Ils s'embrassent avec la langue. Le photographe ne répond pas.

« Barbara, y a quand même un truc qui va pas.

— Quoi ?

— Tes seins.

— C'est-à-dire ?

— Va falloir que tu fasses quelque chose.

— Tu veux dire les refaire ?

— Va falloir t'en occuper. Là, ça va pas, il y a des proportions à respecter. Aucune agence te prendra comme ça. J'ai essayé, ils veulent pas, même pour un ami.

— Mais attends, je croyais qu'ils commençaient par

t'embaucher, et ensuite tout ce qui est à refaire, les seins, le nez, c'est la production qui paie.

— Tu rigoles! C'est à toi d'investir pour ton avenir. À toi d'y croire. Barbara, tu y crois? Ton avenir de star, tu y crois? Moi, je le vois: je vois l'étoile qui est en toi!»

Baiser avec la langue.

Le photographe décide qu'il est temps de réaliser un autre fantasme érotique: coït dans les toilettes d'un multiplex bondé. Ou juste une branlette.

5

Fausto regarde le réveil. Minuit et demi. Lui parvient depuis le salon le bruit de la télé, qu'on éteint au milieu des applaudissements. Une nouvelle célébrité est née, qui d'ici Pâques sera crucifiée en sous-vêtements dans les pages d'un magazine people. Teresa range la centrale vapeur, désormais tiède, dans sa boîte. Elle attrape les chemises, robes de chambre et polos posés sur des cintres pour accrocher le tout sur la porte entre le salon et la cuisine. Puis elle éteint les deux lampes sur les tables d'appoint et s'engouffre dans le couloir en traînant des pantoufles. Elle entre dans la salle de bains. Fausto connaît par cœur son rituel du soir appris en plus de trente-cinq ans de vie commune. D'abord le grondement de la chasse d'eau. Puis le lavabo, jusqu'à ce que l'eau soit tiède. Nettoyage du visage. Le disque de coton imbibé de lait démaquillant finit dans la cuvette des w.-c. Rinçage. C'est maintenant de l'eau froide qui coule : plus abondante. Teresa se lave les dents consciencieusement. Elle compte jusqu'à cent. Tintement de la brosse à dents qu'on replace dans le verre. Elle ouvre le tiroir du meuble sous vasque. Dans le panier en osier, elle choisit : brosse ou peigne. Fausto repense aux cheveux de Teresa au début de leur mariage. Une masse fauve d'ondulations et de boucles qu'elle portait toujours soigneusement attachée et qui, là seulement, libérée de ses liens devant le miroir, tombait en cascade sur ses épaules tel un secret d'alcôve qu'il était le seul à connaître, et venait encadrer son visage. Les années défilent dans sa tête au rythme du blanchissement des cheveux de sa femme. Il se souvient, comme si c'était hier, de la nuit où il avait remarqué une mèche grise dans sa chevelure, alors qu'ils étaient tous deux enlacés sous les draps moites. Pour plaisanter, il l'avait appelée sa petite vieille. La sentence était tombée dès le lendemain matin quand, avant même qu'il ait bu un café, une tête de corbeau fraîchement sortie de chez le coiffeur était entrée dans la cuisine. Son exclusion de la salle de bains avait duré deux mois. Être privé des rituels du soir de Teresa devant le miroir avait été pour Fausto l'une des leçons les plus mémorables sur ce que signifient complicité et compréhension dans le mariage, et sur l'importance de savoir la boucler.

Les cheveux de Teresa, comme ceux de ses amies et voisines, ont traversé les ans tels des caméléons. Éclaircissant au soleil en été, se teintant de reflets couleur miel, de petites touches claires comme des coups de pinceau de lumière. Devenant plus compacts et rassurants en hiver, châtains ou brun foncé ou même, parfois, d'un fauve proche de leur couleur d'origine.

Il tente de se rappeler la couleur des cheveux de Teresa quand il l'a quittée. Mais il a beau chercher, il ne se souvient pas de la dernière fois qu'il a vraiment regardé sa femme.

Ce qui est sûr, c'est qu'à son retour, ses cheveux étaient gris, voire blancs. Toujours longs, toujours souples, toujours impeccables.

Comme s'ils étaient entre ses doigts, Fausto s'en remémore l'odeur, surtout après avoir fait l'amour, quand, mêlés de sueur et décoiffés, ils perdaient leur parfum de laque Elnett pour révéler une fragrance de rosée, de pierre, de crépuscule, de réglisse, d'épices.

Allongé dans son lit, Fausto inspire profondément. Il a les yeux fermés et s'imagine le nez enfoui dans les cheveux de Teresa. Son sang se donne rendez-vous au centre de son corps dans un début d'érection.

Le désir monte, mêlé à la colère qu'il éprouve en pensant aux cheveux de Teresa entre les mains d'un autre homme. Il décide qu'il est temps de reprendre sa place d'époux, au lit avec elle, dans cette salle de bains qui est aussi la sienne, et dans sa vie à elle, celle d'une femme encore désirée par son mari. D'un geste, il se libère des couvertures et s'assied sur le lit. En deux pas il est devant la salle de bains et s'apprête à frapper.

Il reste la main en l'air.

Et si elle le repoussait, l'humiliait, révélant une absence totale de désir, ou pire, le réservant à un autre ?

Non, impossible. Elle m'appartient. Elle a juste besoin que je le lui prouve.

Et tandis qu'il est là, rempli de désir et de crainte, Teresa ferme le tiroir du meuble, éteint la lumière et ouvre la porte.

6

Éveillé, sur le canapé, devant Simona Ventura qui disparaît dans un fondu au noir siliconé, Ric finit de racler avec l'index ce qui reste de coke au verso de *The Big Penis Book*, le livre des éditions Taschen, relié et à la couverture rose fuchsia.

Les questions se bousculent dans sa tête.

Que serait-il arrivé, se demande-t-il, si j'étais allé jusqu'au bout ?

Devant le rutilant Look for Lust, un jerrican d'essence à la main et des graines de fenouil dans la poche, prêt à détruire le salon, son dernier grand amour et sa vie, il ne pensait plus à rien. C'est le bruit du tracteur – celui du vieil Inri partant travailler à la vigne les nuits d'insomnie, soit presque toutes les nuits depuis vingt ans – qui l'a sauvé. Le grincement et les pétarades de l'engin l'avaient sorti de la léthargie hypnotique dans laquelle il était plongé. Comme un somnambule tiré du sommeil, terrifié par lui-même, il avait lâché le bidon et s'était enfui.

De retour chez lui, il avait allumé tous les stimuli possibles : radio, chaîne stéréo, radio-réveil sur la table de chevet, télé dans le salon, télé dans la cuisine, il avait même décroché l'interphone, s'attendant à ce qu'il émette le même bip que le téléphone.

Là, il s'était souvenu que Maicol avait laissé un petit quelque chose, que Ric avait promis de ne pas consommer seul. Il avait préparé trois lignes avec le contenu du sachet et les avait sniffées méthodiquement, pour rester alerte jusqu'à l'aube. Il se disait que s'il réussissait à passer la nuit sans faire d'autres conneries, ce serait déjà un exploit.

Il avait réfléchi à la pertinence d'aller récupérer le jerrican. Mais après tout, ce connard méritait un avertissement. Mieux valait tout laisser en l'état. C'était juste un peu d'essence et quelques graines de fenouil. Je ne suis pas le seul à le détester, ce sale pédé de merde !

Dans le poste, réglé à un volume assourdissant, Simona Ventura salue les invités puis se retourne et monte l'escalier, lui aussi passé au filtre silicone de la caméra. Elle tâche d'avancer d'un pas naturel, mais elle est entravée par ses talons et sa robe de soirée. À la première marche, elle met le pied sur l'ourlet et se prend un gadin phénoménal. L'écran devient noir.

Ric reste un moment sans réagir, puis éclate de rire.

« On voit de ces dindes ! Moi, quand je faisais la dame en talons hauts, j'étais une bombe. Suffit pas de se farder pour avoir la classe, chère Ventura ! »

Son attention revient au livre posé sur la table. Il s'en saisit, le retourne et regarde attentivement la couverture : le pubis d'un homme avec une banane de treize centimètres, dans un slip blanc atteignant les limites de son élasticité.

Au milieu de la tempête que déchaîne la coke dans sa tête, Ric se souvient comme il était heureux quand il s'exhibait habillé en femme, à quel point il aimait les talons, le maquillage et les robes. Comme il se sentait bien et sûr de lui devant les hommes.

Il feuillette le livre des grosses queues et essaie de bander.

Rien.

Peut-être qu'elles ne l'intéressent plus. Peut-être que c'est les hommes en général qui ne l'intéressent plus. Ric songe : j'en ai marre des pédés, je suis épuisé, vidé, allergique aux tarlouses.

À ce stade, il ne reste qu'une seule décision à prendre.

7

« Fausto, qu'est-ce que tu fais ? Ça va pas ? Je croyais que tu dormais…

— Non. Teresa, je… »

En une seconde, Fausto est sur elle, la plaque contre le mur dans une tentative d'étreinte qui se termine par un baiser. Maladroit.

« Non, arrête, qu'est-ce qui te prend ? T'es devenu fou ? »

Il cherche à atteindre à nouveau sa bouche et, d'une main, essaye de lui caresser les cheveux, mais il s'y prend comme avec un chien et ne parvient qu'à les ébouriffer.

« Fausto, qu'est-ce que… »

La main descend le long de la joue de Teresa, suit la ligne de son cou, touche les clavicules nues et cherche ce qui reste d'un sein humilié par le temps. C'est à ce moment-là qu'elle saisit le désir de son mari comme une opportunité. Celle d'exprimer ce qu'ils n'arrivent plus à se dire. Et puis elle en a assez de repenser, avec pudeur et nostalgie, à la dernière fois qu'on l'a touchée. Elle tourne le visage vers son mari et lui rend son baiser. D'abord les mâchoires s'emboîtent mal, puis ils s'embrassent avec une fougue qu'ils n'auraient pas crue possible. Les mains de Fausto reviennent se poser sur le visage de sa femme, plus voraces que les lèvres, comme si c'était la chose qu'il désirait le plus depuis des années. Et c'est le cas.

Teresa, prudente au début, répond en pressant ses épaules et en explorant son large dos avec la curiosité qu'elle éprouverait à l'égard d'un corps inconnu. Mais arrivés aux hanches, ses doigts retrouvent la mémoire et partent à la recherche d'un grain de beauté protubérant et rugueux. Un détail du mari qu'elle connaît bien, qui leur a valu quelques visites onéreuses chez des spécialistes et qui est devenu source d'inquiétude après leurs verdicts confus et la tendance du grain de beauté à étendre sa surface cutanée. C'est à la hauteur de ce grain de beauté que les doigts de Teresa, s'attendant à effleurer un territoire connu, rencontrent l'inconnu : une cicatrice lisse, douce et plate.

D'instinct, elle repousse son mari.

« Fais voir ton dos. Qu'est-ce que t'as fait ?

— Teresa, je...

— Le grain de beauté, Fausto. Fais voir le grain de beauté. »

Fausto se retourne. Sa femme, d'un geste rapide et précis, soulève son débardeur, inspecte la cicatrice, puis la recouvre.

« Quand est-ce que tu l'as fait enlever ? Non, attends. Pas la peine. Je sais. »

Fausto voudrait répondre quelque chose. Mais une fois de plus, sa faute le condamne à rester devant la porte de la salle de bains où Teresa, un instant plus tôt, était prête à se révéler, intime et féminine.

Sa femme a retrouvé son air sévère. Des deux mains elle oblige son mari à reculer, puis elle réarrange ses cheveux, les remet en place derrière ses oreilles.

« Bonne nuit, Fausto. »

Alors que le dos de Teresa s'éloigne dans l'obscurité du couloir et que l'écho de ses pas résonne comme un métronome, Fausto reste immobile, les bras ballants, et regarde la porte fermée de la salle de bains.

Teresa ne saura jamais que le simple contact de ses cheveux a provoqué chez son mari une éjaculation soudaine et solitaire.

8

Ric se lève du canapé d'un bond. Sans lâcher le livre.

Il va à la cuisine. Attrape un verre plus ou moins propre sur la table. Le rince rapidement sous le robinet. Le pose sur le plan de travail, attrape d'une main une bouteille de rhum de vingt ans d'âge et en verse deux doigts généreux. Il réfléchit. En ajoute deux. Il réfléchit à nouveau. Reprend la bouteille. Non, ça devrait suffire. Il pose le livre sur le plan de travail.

Il le feuillette jusqu'à une double page montrant un membre grandeur nature qui a du mal à tenir dans un format A3.

Il défait son pantalon et abaisse son slip. Il boit le verre de rhum d'un trait. Reprend la bouteille. Remet ça. Cul sec. Sa main libre va et vient sur son pénis. La coke n'aide pas. L'image A3, un peu. Encore un petit effort, et il bande.

Il incline le livre à quatre-vingt-dix degrés et compare son sexe à celui de la photo.

À vue de nez, il arrive à quinze, seize centimètres contre le gourdin de plus de quarante centimètres qui a droit à une place dans l'histoire de la littérature. C'est bien ce qu'il pensait : ce truc ne lui sert plus à rien. Ric ouvre le premier tiroir d'où il extrait un couteau à lame fine, souple et dentelée, parfait pour découper le poisson cru et pour vider les fruits et légumes, très dangereux entre des mains maladroites. Il le pose contre son gland, en appuyant très légèrement sur la lame. Le contact avec l'acier lui procure un frisson de plaisir, aussitôt remplacé par une douleur atroce : l'incision est minuscule, à peine une égratignure, mais le sang se met tout de suite à couler, fluide et abondant. La douleur est si intense qu'elle oblige Ric à s'accrocher à quelque chose pour ne pas tomber. Sa main attrape le livre, qu'il entraîne avec lui sur le sol de la cuisine.

En appuyant des deux mains sur sa bite, qui s'est rétractée d'instinct, Ric se dit qu'il ferait mieux de s'adresser à un pro. Au moins à quelqu'un qui puisse l'anesthésier. La pièce se met à tourner, il se sent tellement ivre qu'il pose le livre ouvert sur son visage et s'endort à même le sol, le slip sur les chevilles.

9

Samedi, 11 heures.

Le silence règne au salon Hair&Beauty d'Ogno.

Ric l'impose, pour supporter les séquelles physiques et émotionnelles de sa soirée de la veille.

Et ce n'est pas pour déplaire à Maicol, qui a passé la nuit en compagnie d'un chauffeur routier, marié et très brutal, dans l'un des parkings *battuage*[1] les plus fréquentés de l'A4 Milan-Venise. Dans l'obscurité de la couchette au-dessus de la cabine, il s'est dit que personne ne l'avait jamais fait se sentir femme. Avant ça, personne ne l'avait jamais vraiment possédé, soumis, comblé. Il est parti sans rien savoir de son amant, à part son prénom : Omar. Pas de nom de famille, pas d'adresse, ni même la promesse qu'il reviendrait.

Barbie aussi garde le silence, sans lâcher des yeux sa

1. Le terme désigne une activité sexuelle libertine exercée en plein air, dans des lieux connus principalement des habitués. Parkings, cimetières, parcs d'attractions, monuments et plages, mais aussi aires d'autoroute et péages. En 2004, le magazine *Maxim* a dressé une carte du *battuage* made in Italy. Plus de cent cinquante mille personnes s'adonneraient à cette pratique, du Nord au Sud ; la Lombardie, la Sicile et la Calabre arrivant en tête du classement. *(N.d.A.)*

silhouette dans le miroir, essayant de s'imaginer avec une poitrine plus généreuse.

Les clientes les imitent, attirées en masse par une promotion valable aujourd'hui seulement pour une mise en plis : bigoudis bien serrés sous un filet à cheveux qui recouvre les oreilles, séance sous le casque à haute pression et basse température – plus long, plus bruyant, mais c'est la garantie de cheveux doux et vaporeux.

Cette routine silencieuse est interrompue par des carabiniers, qui viennent de se garer devant le salon et entrent en demandant à parler à M. Giorgio Comenotti.

Ric est prié de suivre le brigadier et ses collègues au poste sans plus tarder.

Il ne fait même pas semblant d'en ignorer la raison : il demande simplement s'il doit appeler un avocat.

« Oui, il vaudrait mieux. »

Personne ne saura jamais vraiment ce qui se passe dans la tête de Ric, assis sur la banquette arrière de la voiture de police. Il voit sa vie défiler, à peu près à la même vitesse que la route par la vitre. Je n'ai encore jamais été photographié par les flics, pense-t-il. On n'a jamais pris mes empreintes digitales, comme à un criminel. Relevés dactyloscopiques, ils appellent ça. La honte. Je ne pourrai plus vivre ici.

Assis dans la salle d'interrogatoire qu'on croirait sortie de la pire série sur Primo Canale, Ric est informé qu'une procédure est engagée contre lui. Quelqu'un a fait un signalement.

On m'a vu, en plus. Quel imbécile.

Pour l'heure, il est accusé de tentative d'incendie criminel.

Quel con. Imbécile. Un fouteur de merde, voilà ce que t'es.

Le caporal-chef lui suggère d'avouer: ils savent que c'est lui qui a déversé de l'essence devant l'entrée du salon et abandonné le jerrican avant de prendre la fuite.

T'aurais mieux fait de rester chez toi à te couper la bite!

L'avocat entre.

Enfin. Emmène-moi loin d'ici, je t'en supplie.

Ils se saluent. Depuis plusieurs années, l'avocat figure sur sa liste « Ce que je te ferais, si seulement tu le voulais ». Bien distincte, faut-il le préciser, de la liste « Ce qu'on aurait pu faire, si on en avait eu l'occasion ».

L'avocat interroge le carabinier. Il enjoint à Ric de garder le silence, puis demande s'il y a une raison valable à ce qu'on retienne son client.

Le policier hausse les épaules d'un air d'impuissance, et l'avocat attrape Ric par le coude pour qu'il se lève et le suive.

Avant de sortir, l'avocat demande quelle est la position du propriétaire du Look for Lust sur l'affaire.

Le caporal-chef lui rapporte que le propriétaire a décidé – contre leur avis – de ne pas porter plainte pour tentative d'homicide.

Les enquêteurs savent en effet qu'au moment du délit, Gian dormait dans l'arrière-boutique.

Cependant, il avait préféré ne pas l'ébruiter, non pas parce qu'il dormait à même le sol – après tout, c'était son salon – mais parce que quelques minutes plus tôt il ne dormait pas. Il venait de prendre congé du dernier invité, comme il l'avait expliqué aux enquêteurs. Prendre congé au sens large: après le coït, Gian, ivre mort, allongé sur le sol, le membre ramolli dépassant de la braguette, avait été laissé là par un avocat sans nom, l'un des nombreux professionnels respectables du pays, en première ligne pour défendre la sainte trinité travail-famille-église, marié, nombre d'enfants à charge indéterminé ; un de ces hétéros qui restaient tard le soir au cabinet pour honorer une échéance ou qui, après avoir couché les enfants, prenaient prétexte de leurs amis à quatre pattes ou du tri sélectif pour de longues promenades.

Le petit bois d'Ogno est connu dans le coin. Et même au-delà. Bordant la nationale, juste avant l'embranchement de la nouvelle départementale qui longe la vallée, il se remplit la nuit d'hommes de tous milieux, de tous âges, de tous fantasmes. Pour la plupart, des hétérosexuels respectables le jour, indépendantistes et misogynes convaincus. La circulation y est si dense que la police reçoit de nombreuses plaintes pour stationnement illégal sur les propriétés avoisinantes. C'est facile. Il suffit de donner à son épouse une excuse crédible, et pas une seconde elle ne s'imaginera que son mari – comme un Padan sur trois [1], aussi moralisateur, machiste et rétrograde soit-il – choisit chaque nuit entre aller aux putes et rejoindre les pédés. Dans le noir, tous les trous se valent. Chacun fait ce qu'il veut tant que personne ne le sait. Alors pourquoi choisir.

Ce n'est pas un secret. Il suffit à n'importe qui, pris d'une envie soudaine d'aller aux champignons, de s'arrêter sur la départementale, de baisser la vitre et de demander : « Excusez-moi, pourriez-vous me dire où se trouve le petit bois qu'on appelle "la banque du sperme" ? »

---

1. Depuis le premier rapport de la Coordination nationale des communautés d'accueil (CNCA) en 2017, la Lombardie et la Vénétie, ainsi que l'Émilie-Romagne sont classées parmi les régions italiennes au taux le plus élevé de prostitution de rue. D'après la moyenne nationale, un homme sur huit est un client régulier. Dans la *Macroregione*, l'estimation double. *(N.d.A.)*

10

Samedi, 11 h 03.

Une voiture de carabiniers fait marche arrière sur le parking réservé aux clients du salon Hair&Beauty d'Ogno, le long de la nationale.

Ric, au téléphone avec son avocat sur la banquette arrière, est de la couleur du moût de raisin pas encore cuit, entre le violacé et le verdâtre.

Les clientes le regardent de sous leur casque, parcourues d'un frisson d'excitation post-ménopause à l'idée d'avoir fait confiance à un criminel. Que le criminel en question soit leur coiffeur gay est accessoire. Elles songent à renoncer au séchage pour s'éclipser et rattraper un passant afin de lui raconter l'arrestation de l'intérieur.

Le coiffeur sodomite embarqué pour allez savoir quel crime. Si ça se trouve, c'est un tueur. Ces hommes-là sont déviants. On n'imagine pas ce dont ils sont capables.

Une seule chose les maintient encore clouées au casque : la certitude que, si le coiffeur a vraiment fait quelque chose de grave, un journaliste du calibre de Bruno Vespa ou d'Emilio Fede ne tardera pas à arriver. Il voudra sûrement recueillir des informations auprès des personnes qui étaient là, avec le tueur, juste avant que tout bascule, celles qui pourront dire « On se croit à l'abri, et l'instant d'après… » Elles se demandent même si elles ne devraient pas prendre les devants plutôt que de laisser les projecteurs se braquer au hasard sur n'importe qui. *Striscia la notizia* dépêchera certainement sur place Gabbibo, sa mascotte alcoolique, celle qui voit rouge face à l'injustice et qui résout les conflits conjugaux. En l'occurrence, celui qui oppose Gian et Ric.

Samedi, 11 h 08.

La voiture des carabiniers quitte le parking du salon Hair&Beauty d'Ogno et prend la nationale vers le sud. Au rond-point, avant d'entrer dans la ville, elle croise un tracteur qui monte vers les vignes à flanc de coteau.

C'est le vieil Inri. Le brigadier ordonne de faire demi-tour et de se ranger à côté du tracteur. Il descend de la voiture.

Ric reste impassible, les yeux rivés sur le dossier du siège avant.

Le vieil homme fait un signe de la main en direction de la police.

« Brigadier.

— Merci pour le signalement. Si j'étais vous, j'éviterais de trop m'approcher de ce salon, au moins pour quelques jours.

— Et pourquoi ça ? C'est pas moi qui me promène la nuit avec un jerrican d'essence pour arroser les paillassons des autres ! »

Inri crache un amas de glaires épaisses sur l'asphalte et mâchonne un au revoir qui se perd dans le bruit sourd du tracteur reprenant la direction des champs.

Samedi, 13 h 30.

« Qu'est-ce qui t'a pris, on peut savoir ? Tu te rends compte du pétrin dans lequel tu t'es fourré ?

— Bien sûr que oui, je suis pas débile. Je vais pas bien, je te l'ai dit. Je devrais peut-être foutre le camp.

— Surtout pas ! Retire-toi ça de la tête. Tu restes à la disposition des flics. S'ils t'appellent, tu réponds. S'ils te convoquent, t'y vas. Dès qu'ils te demandent de faire un truc, n'importe quoi, tu coopères.

— Oui, oui, j'ai compris.

— T'as eu de la chance. Ils t'ont laissé partir parce que ton casier est vierge. Enfin, était. Mais là, tu fais l'objet d'une enquête. Ah, le téléphone.

— Quoi, le téléphone ?

— Le téléphone. Ils vont te mettre sur écoute, c'est sûr. Ne parle à personne, n'appelle personne. Mieux : éteins-le quelques jours. Si tu as besoin de quoi que ce soit, tu sors de chez toi, tu prends ta voiture et tu viens me voir. Compris ?

— Oui, chef.

— Joue pas au con avec moi. Heureusement que j'étais là, t'as eu chaud au cul.

— *Et moi je mettrais volontiers le feu au tien.*

— Comment ? J'ai pas compris.

— Rien. Je peux y aller maintenant ?

— Promets-moi que tu ne feras pas d'autres conneries.

— Promis. »

Samedi, 13 h 35.

Ric, debout sur le parking réservé aux clients du salon Hair&Beauty d'Ogno, regarde s'éloigner la voiture de son avocat.

Le salon est fermé et le panneau JE REVIENS TOUT DE SUITE accroché à la porte.

Ils doivent être partis au café, s'acheter à déjeuner.

Il plonge la main dans sa poche droite à la recherche des clés. Ses doigts jouent avec le trousseau, hésitant entre la clé du salon et celle de la voiture. Il choisit de se calmer et d'attendre le retour de Barbie et Maicol, pour leur confier le salon et prendre son après-midi. Une fois chez lui, après une douche chaude, lorsque la vapeur se sera dissipée, il aura certainement les idées plus claires. Machinalement, il regarde l'entrée du salon Look for Lust. Poussé par un instinct incontrôlable, il se retrouve en quelques pas là où il était douze heures plus tôt avec un bidon d'essence à la main. En fouillant sa poche, il retrouve quelques graines de fenouil. Il prend une grande inspiration et pousse la porte.

« Je cherche le propriétaire. »

Un jeune homme sorti d'un catalogue Abercrombie& Fitch, le torse parfaitement épilé, le regarde avec suffisance.

« Il est pas là. »

Ric sent monter l'envie de lui apprendre à respecter ses aînés à poils gris.

« Il va revenir ? »

Le jeune homme au look fashion, la peau sur les os, le regarde maintenant avec dédain.

« Je sais pas. »

Ric sent monter l'envie de lui donner une leçon qu'il n'oubliera pas de sitôt.

« Vous êtes tous cons ici ou c'est juste toi qui as un balai dans le cul ? »

Le jeune homme vêtu de cuir véritable le regarde maintenant avec pitié.

« Je ne suis pas autorisé à vous répondre. Mais si vous voulez vous asseoir…

— Va te faire f… »

Alors que Ric se retourne pour sortir, il le voit, de l'autre côté de la route, sur le parking du Hair&Beauty.

Te voilà. Gian. Toujours aussi rapide, fuyant. Il a dû sortir par-derrière en le voyant arriver. Ce n'est pas le tout de narguer quelqu'un en ouvrant un putain de salon devant chez lui, encore faut-il assumer le face-à-face tous les jours.

Cinq pas, presque en courant, et Ric est au milieu de la nationale.

« Connard, lui crie-t-il. Tu l'as bien cherché. T'as de la chance d'avoir quelqu'un de bien en face de toi, qui s'est retenu de foutre le feu à ton salon.

— Quelqu'un de bien ? T'as failli me tuer.

— Moi ? Te tuer ? Et toi ? Qu'est-ce que t'as fait, toi ?

— J'ai pas aspergé de l'essence devant ta porte.

— Ah ouais, et me piquer mes clients, c'est pas une manière de me tuer, peut-être ?

— On est dans un pays libre, je fais ce que je veux !

— Fais attention, Gian. Fais très attention.

— C'est une menace ? T'es sérieux, là ? Quelqu'un a entendu ça, il me menace. Hier, il a failli me tuer, et maintenant il me menace.

— Ferme-la, petite pédale de merde !

— À l'aide ! Ce type est dangereux, il veut me tuer. Quelqu'un a entendu ? Il me menace. »

Barbie et Maicol amorcent le virage avant le salon. Ça sent le sandwich chaud dans la voiture. Tout en bavardant, Maicol s'apprête à se garer sur le parking réservé aux clients du salon, le long de la nationale.

Il manque d'avoir une crise cardiaque en voyant Ric au milieu de la chaussée. Un instant, il est tenté de ne pas freiner, mais il pile, descend de la voiture et joint ses hurlements à ceux des deux autres.

Maicol : « Mais t'es malade ! »

Gian : « Fais quelque chose. Il a pété les plombs. Il voulait mettre le feu à mon salon. »

Maicol à Ric : « Qu'est-ce que t'as foutu ? C'est vrai ? »

Ric à Maicol : « Non. C'était un accident. »

Maicol à Ric : « Un *accident*? Les flics étaient là ce matin, je te rappelle. Je me suis dit que t'étais dans la merde et que t'allais me foutre dedans au passage. Je me suis pissé dessus, t'es conscient de ça ? »

Ric à Maicol : « Ça t'apprendra. La prochaine fois, tu me laisseras pas seul. Si tu t'inquiétais vraiment pour moi, tu serais resté dormir. »

Gian : « Vous avez vu, hein ? C'est un malade. Il m'a agressé. Il veut me tuer. Appelez la police ! »

Ric et Maicol à Gian : « La ferme ! »

Maicol à Ric : « On peut savoir ce qui t'a pris ? »

Ric : « Je te l'ai dit. C'était un accident. »

Maicol : « Viens, on va en parler à l'intérieur. On t'a pris un sandwich. »

Ric s'arrête à l'entrée du salon et se retourne pour voir Gian l'observer d'un air à la fois mauvais et méfiant, retranché derrière les voitures.

« Je t'aurais rien fait, va. T'en vaux pas la peine. »

Samedi, 14 heures.

Dès son entrée dans le salon Hair&Beauty, le propriétaire récemment relâché par les carabiniers se précipite aux toilettes, car lui aussi a bien failli se pisser dessus.

Ses deux employés restent là : Barbara, dite Barbie, et Maicol, né Maicol et contraint de vivre avec ce nom.

Ce dernier déballe son sandwich d'un air pensif.

« Vous couchez ensemble ? » demande Barbie d'un ton neutre. Elle est déçue et un peu jalouse : Maicol est plus bavard, d'habitude – surtout quand il baise ou qu'il est défoncé. Les deux se produisant généralement en même temps.

Son silence équivaut à un oui.

« Mange ton sandwich. Et occupe-toi de tes affaires.

— Ça ira, merci. » Et elle ajoute : « Sympa, toi, hein ! », pleine de rancœur, l'air de dire *T'étais pas celui qui partageait mes rêves, qui voulait quitter tout ça ? Et au lieu de ça j'apprends que tu baises avec le patron qui pourrait être ton père.* « Depuis combien de temps ? insiste-t-elle.

— Oh, Bi. C'est bon, allez !

— Ah, donc ça fait un moment. »

Ils soupirent tous les deux, à quelques secondes d'intervalle.

Barbie songe à quel point ça craint ; Ric est un type qui se pourrit la vie pour un putain de salon au milieu d'un trou perdu où l'herbe du voisin n'est même pas bonne à fumer pour oublier qu'on habite là. Elle songe aussi qu'avec de nouveaux seins, elle pourra partir loin, très loin de tout ça, de son faux-cul de collègue et de son patron prêt à tout foutre en l'air pour une relation perdue d'avance. Ce qu'il est le seul à ne pas voir, évidemment.

Au moment où elle dit : « Je croyais que t'avais arrêté ce

genre de conneries », Ric entre dans la pièce et les interrompt.

« Arrêté quoi ? La coke ? Lui, là ? Tu parles. Faudrait lui sceller les narines à la colle blanche. » Tape amicale façon compagnon de beuverie sur l'épaule de Maicol.

Barbie lance à son ex-meilleur ami un regard éloquent : *Pour lui, tu seras jamais qu'un petit con. Et il a raison.*

Ric mord dans son sandwich d'un air las. Il mâche lentement, avale trop vite, tousse pour éviter de s'étouffer et boit une gorgée d'eau au robinet, la tête penchée.

« Les jeunes, faut qu'on parle. »

Le ton a changé.

« Ça va pas fort, comme vous avez remarqué. Je suis pas à cent pour cent de… »

Dis-nous quelque chose qu'on ne sait pas déjà.

« … je sais ce que vous pensez. Mais je fais de mon mieux. En vérité, je veux partir d'ici. Je hais cet endroit de merde et je n'ai plus l'intention de me battre contre un connard pour quatre radines en boucle sous leur casque à propos d'Untel qui est mort parce qu'il était pédé et qu'il a attrapé une vilaine maladie de pédé ; d'Untel que sa mère a réussi à convertir en l'emmenant dans un centre de prière, et qui a fini par se marier ; d'Untel qui a été passé à tabac et à qui ils ont coupé la bite. J'en ai vraiment, mais alors vraiment ras-le-bol, et l'idée de passer un jour de plus dans ce salon me fout la gerbe. »

Ric se laisse tomber dans un fauteuil comme un ballon dégonflé. Ses mains molles lâchent le sandwich, qui répand par terre sa garniture collante.

Barbie demande sèchement : « Et donc ?

— Bi ! Tu vois pas qu'il est pas bien ?

— J'ai quand même le droit de savoir si j'aurai encore un travail demain.

— Tiens, demain, c'est la fête du Travail justement. Ha, ha !

— C'est censé être drôle ?

— Ça va, j'essayais juste de détendre l'atmosphère. Ce que t'es grincheuse aujourd'hui !

— Je te retourne le compliment. »

Ric semble imperméable au monde extérieur. Il regarde ses employés se disputer comme deux enfants en train de se chamailler pour des feutres. Il lance : « Demain, on arrête tout. »

Explique-toi, Ric, ça vaudrait mieux.

« Demain, tout ça va changer, on se tire, on se libère de cette vie. Il faut juste que… Venez par là. »

11

« Aucun de nous n'est heureux dans sa vie. Notre problème, c'est les liens. Ceux qui nous retiennent ici, nous enchaînent, nous empêchent d'aller où on veut. Chacun de nous a les siens et s'y accroche, parce qu'ils nous rassurent et nous protègent, mais à quel prix, puisqu'on arrive pas à s'en défaire. Le moment est venu de changer le cours de notre existence. Il le faut. C'est maintenant ou jamais. Vous pouvez me faire confiance, je m'y connais en occasions manquées.

» Si je vous disais qu'il existe un moyen de s'en aller, de tourner la page une fois pour toutes. Qu'il existe un moyen pour que tout s'arrange. Et même de partir avec un peu d'argent – voire beaucoup si on se débrouille bien – pour nous aider à réaliser nos projets. Chacun aura sa part et fera ce qu'il voudra. Ma vie actuelle, moi, j'en veux plus, elle m'intéresse pas. Je veux me barrer, passer à autre chose, recommencer de zéro dans un endroit nouveau, où personne me connaît et où je pourrai être quelqu'un d'autre. Je sais que vous aussi. Je le sais parce que je vous entends le dire sans cesse et que je le lis dans vos yeux, là tout de suite. Mais pour y arriver, il va falloir faire les choses bien.

» Écoutez-moi attentivement. Voilà le plan. Ce salon ne

vaut plus grand-chose depuis qu'on a de la concurrence en face. Il n'est plus qu'une dette qui nous force à bosser ici chaque jour que Dieu fait – d'ailleurs Il ferait mieux de se les garder, ses jours de merde. Ce salon n'aura de valeur que s'il disparaît. Voilà comment on pourra changer de vie.

» Non, je parle pas de vendre. J'ai dit *demain*. Rapide, efficace. Vous pigez pas, hein ?

» Imaginez que tout ce que vous voyez autour de vous… disparaisse en quelques minutes. Ça vous remplit pas d'un profond sentiment de liberté, d'un coup ?

» Réfléchissez : et si tout ça partait en fumée ? Oui, vous m'avez bien entendu. Mettons le feu à ce salon, réduisons-le en cendres. Il est assuré, on est couverts.

» C'est très simple : le salon prend feu. On déclare un acte de vandalisme commis par des *inconnus*. Je dépose une plainte contre X. Les flics enquêtent. Et quel meilleur suspect que le mec dont on a menacé de cramer la boutique, qui a pris peur et veut me le faire payer à moi, son ex-grand amour devenu son pire ennemi ?

» Pendant que les flics enquêtent, l'assurance paie les dommages et intérêts. Je rembourse l'hypothèque, plus de dette auprès de la banque. Vous prenez trois mille chacun. Basta.

» OK, j'ai compris : disons cinq mille. Vous prenez votre putain de fric, on se dit au revoir, et rideau.

» Cinq mille, ça se refuse pas. Si t'es malin, tu peux faire pas mal de choses avec. Et surtout, tu te tires d'ici et tu repars de zéro. Tu respires, tu profites. Un billet d'avion, une location. Tu peux tenir plusieurs mois.

» Vous, vous risquez rien. Moi non plus d'ailleurs : c'est carré, ça marchera comme sur des roulettes. Ouvrez grand vos oreilles, je vous explique. C'est pas compliqué : il suffit de s'appliquer.

» Demain soir, à partir de 10 heures, il y a une fête sur la place, pas vrai ? On se pointe là-bas. Je traîne un peu, je me constitue des témoins. Vous faites pareil : vous rejoignez des amis, vous allez de table en table, vous frimez un peu, improvisez un toast, vous vous montrez. Facile, tu sais faire, Barbara. Ensuite, discrètement, en prétextant n'importe quoi, vous vous absentez pour venir au salon. En chemin, vous vous arrêtez à la station-service de la zone industrielle, celle où il y a pas d'éclairage, les néons sont encore pétés. Vous prenez de l'essence, disons pour cinq euros, en espèces et sans reçu. Vous arrivez ici, vous en répandez un peu partout, laissez les vapeurs se répandre. Ensuite, vous cassez la vitrine. Attention : de l'extérieur. Que ça ressemble vraiment à du vandalisme. Après, vous prenez un bout de papier, n'importe lequel, ou plutôt un chiffon ; vous y mettez le feu, vous le jetez dans le salon et vous vous barrez. Gardez quelques lingettes dans la voiture pour vous nettoyer les mains. Non, mieux : vous porterez des gants. Attendez, où est-ce qu'ils sont ? Ah, voilà, ceux-là, ils sont bien épais. Ben allez, prenez-les. Après ça, revenez en vitesse à la fête. Vous inventez un truc : que vous êtes allé chier, que vous étiez en train de rouler des pelles au gros lard qui fait cuire les saucisses ou de vous faire tripoter par l'accordéoniste. Ce que vous voulez. Tant que c'est crédible. D'ici à ce que quelqu'un passe sur la nationale et donne l'alerte, le salon sera plus qu'un tas de braises, à point pour l'assurance et pour les flics.

» Quant à nous, plus rien nous retiendra. »

12

Samedi, 18 h 30.

La journée de travail au salon Hair&Beauty d'Ogno s'est déroulée dans un silence concentré. Chacun des trois employés a vaqué à ses occupations. En premier lieu, réfléchir à ce qui s'était dit, à ce qui pouvait se faire, à ce qui semblait, après tout, possible. Les clientes se sont succédé sous les paires de ciseaux, les fers à lisser brûlants, les casques chauffants, les jets d'air chaud et les doigts frénétiques, avec la déférence qu'on doit à un commerce dont le propriétaire fait officiellement l'objet d'une enquête. En réalité, deux : celle menée par les carabiniers et celle de la rumeur. Pour l'une comme pour l'autre, l'important était d'être témoin, d'être ici en personne ne serait-ce que le temps d'un brushing.

Le salon ferme ses portes. La recette du jour avoisine les huit cent quatre-vingt-dix euros : une très bonne journée, comme on n'en avait pas vu depuis longtemps. Après le départ de la dernière cliente, celle à qui il fallait faire un chignon pour un dîner de gala, Barbie, comme à l'accoutumée, essuie les bacs à shampooing, astique les robinets avec un chiffon propre et s'arme du balai, prête à nettoyer le sol. Maicol et Ric, qui ont divisé les gains de la journée en trois parts, la regardent depuis la caisse. Le jeune homme prend sa liasse de billets et celle de Barbie. Il s'approche de sa collègue, agite ses deux cent quatre-vingt-dix euros sous son nez en souriant : « Stop ! On s'arrête là. »

Elle le regarde, interdite, comme envoûtée.

« Allez, Cendrillon. Pose ton balai et mets-toi sur ton trente-et-un : je t'emmène faire la fête, demain est un autre jour.

— Lâche-moi, imbécile.

— Hé, vous deux : vous avez bientôt fini ? Bougez-vous, qu'on ferme ce putain d'endroit à jamais. »

Sur le seuil du salon Hair&Beauty, les trois collègues s'attardent un instant, chacun bredouillant un au revoir symbolique aux autres et un adieu ingrat à la vie qu'ils ont connue jusqu'à présent.

Ric éteint les lumières, puis franchit lentement la porte, la refermant derrière lui.

« Attends, attends, une seconde ! »

Barbie, d'un coup de coude, rouvre la porte et disparaît derrière les bacs à shampoing. Elle y reste un moment. Elle pense à ce qui s'est passé ces derniers jours : l'admirateur secret, la dispute avec Maicol, ses nouveaux seins en attente d'implantation. Elle réapparaît, tenant à la main le fer à friser avec plaques en céramique que Ric venait d'acheter à la foire-expo. Idéal sur cheveux secs, mais aussi sur cheveux humides. Grâce à son système de blocage et d'enroulement des mèches, il permet d'obtenir des boucles de diverses formes, tout en laissant les cheveux doux et soyeux.

« Je le voulais trop. T'en auras plus besoin, non ? »

Samedi, 18h45.

Tandis que Ric s'éloigne sur la nationale, Barbie monte dans la voiture de Maicol. Elle n'est pas d'humeur à se disputer, surtout avec ses trois cents euros en poche, le début d'une fortune qui lui ouvrira enfin les portes du succès. Mais elle ne veut pas non plus lâcher l'affaire.

Maicol fixe la route. Ils arrivent à destination sans qu'aucun d'eux n'ait trouvé les mots.

Barbie ouvre la portière, pose un pied à terre puis se ravise.

« T'aurais pu me le dire !

— Ah oui, et pourquoi ?

— Parce qu'on est amis, peut-être ? Moi, je te dis toujours tout.

— Mais bien sûr ! Arrête, tu crois même pas ce que tu dis.

— N'empêche que t'aurais pu me le dire. Tu me déçois.

— Bi, ce que t'es chiante ! Je suis libre de me taper qui je veux, non ?

— C'est ça, t'es libre. Ciao.

— Non, allez, attends. Je voulais te le dire. J'allais le faire. Je te jure. Regarde-moi : je te le jure !

— Je te crois pas.

— C'est pas toujours facile de te parler, je te signale. Tu juges toujours les mecs avec qui je sors.

— Tu m'étonnes ! Non mais tu l'as vu ? À cinquante piges, il trouve rien de mieux à faire que de mettre le feu au salon de son ex parce qu'il l'a largué !

— Qu'est-ce que je disais ?

— Quoi ?

— Aucun mec n'est assez bien à tes yeux.

— C'est parce que je tiens à toi.

— Non, c'est pas ça, Barbara.

— M'appelle pas Barbara.

— OK. Le fait est que t'as un problème avec les hommes. Oui, pas la peine de faire cette tête. T'as un problème : tu nous baises comme si ta vie en dépendait…

— C'est pas vrai !

— … mais en fait tu nous détestes ! Si, c'est vrai. Tu penses que les hommes sont des merdes, tu les utilises et si t'obtiens pas ce que tu veux, tu les jettes. T'en changes tout le temps, toujours à la recherche du roi des abrutis, de celui qui pourra raquer le plus longtemps. Et quand il y en a un qui tombe amoureux, t'en as rien à foutre. Tu peux pas te plaindre de la manière dont ils te traitent, t'es la première à leur manquer de respect.

— Tu le penses vraiment ?

— Peu importe ce que je pense. Je te dis ce que je vois. Et ce qui me fait le plus mal, c'est que tu me mettes dans le même sac.

— Ah.

— Comment ça, "Ah" ? Barbara, je parle de nous, là, de notre amitié, et du fait que tu te permets toujours de me juger, de juger mes histoires et les mecs que je choisis. Pour toi on est tous des merdes. Si je suis moins merdique que les autres, c'est juste parce que moi, je t'aime vraiment. Mais apparemment ça compte pas, puisque t'as toujours pas réussi, après tout ce temps, à trouver même un gramme de compassion pour ce que je vis.

— …

— Dis quelque chose.

— …

— Barbara ?

— Dix mille.

— Quoi ?

— Dix mille. Si cet abruti veut qu'on l'aide à faire sa connerie, je veux au moins dix mille. Deux seins dignes de ce nom, c'est pas donné. Et je compte pas les avoir au rabais. Et toi, cette voiture ?

— Pas de commentaire, s'il te plaît.

— Écoute, je sais pas combien elle t'a coûté, mais je sais que tu peux pas te le permettre. Tu crois que j'ai pas remarqué comme tu fais gaffe à tes dépenses ces derniers temps ?

— J'ai peut-être eu les yeux plus gros que le ventre sur ce coup. Le prochain versement est dans deux mois et j'ai pas les moyens. N'empêche, cette voiture… je la veux. Mais on peut pas lui demander autant de fric, si ?

— C'est ça ou rien. Mais je le fais seulement si tu le fais. Et tu dois me promettre un truc.

— Quoi ?

— Qu'après, on se casse pour de bon. On plaque tout, ce pays de merde, ces culs bénis, cette vie pourrie.

— Promis.

— Alors, OK. J'en suis.

— Et nous ?

— Nous, c'est nous. On s'en sortira toujours.

— Je voulais pas te faire de peine.

— C'est un peu raté. Mais j'avais besoin de l'entendre. Ou peut-être que…

— Que quoi ?

— Peut-être que parfois t'es juste un connard. Comme tous les mecs.

13

Le 24 mars 2009, au milieu d'une crise économique sans précédent qui aurait dû inciter à une réorganisation de la société, le Premier ministre a été très applaudi lorsqu'il a déclaré que les Italiens devraient travailler plus.

Pour beaucoup de gens, cette déclaration illustrait avec brio le retour du bon sens dans l'orgie spéculative et laxiste qui régnait dans le pays. Le Cavaliere n'avait pas choisi la date de son discours par hasard : nous étions à un mois de la fête de la Libération, jour férié qu'il n'a pas hésité à désapprouver puisque la véritable libération n'avait pas encore eu lieu – sous-entendant par là qu'il en serait l'instigateur.

Dans la presse, on s'est contenté d'ironiser sur le calendrier de cette année-là qui, manque de chance, faisait tomber le 25 avril un samedi, comme pour saper volontairement la productivité nationale.

Pourtant, l'idée de travailler plus n'était pas nouvelle pour le Cavaliere, déjà rebaptisé par l'histoire « l'homme qui en faisait trop ». Le calendrier importait peu : l'ère de l'industrialisation du Nord avait officiellement commencé.

Personne ne s'est intéressé au fait que la société prônée par le Cavaliere, consacrée à la croissance de la production plutôt qu'à celle du revenu moyen, produirait aussi une quantité infinie de déchets.

La crise était pourtant une occasion en or de prendre conscience des montagnes d'ordures que générait le monde depuis un peu plus d'un siècle, dans sa course effrénée à la production et à la technologie. Et le pire, c'est qu'il ne s'agissait pas seulement de déchets matériels, mais aussi de déchets humains : des individus qui n'en étaient plus, désormais considérés comme des maillons de la chaîne de production.

Le Cavaliere, fidèle à sa devise d'en faire toujours plus, n'en était qu'aux préparatifs d'un projet plus vaste consistant à séparer le pays en deux : un tiers du territoire, à la production exceptionnelle, en serait le moteur ; les deux tiers restants jouant le rôle d'État vassal, un fief de déchets humains et environnementaux où l'on sous-traiterait les activités les plus rentables, où l'on travaillerait au noir, où l'éducation et la santé seraient sacrifiées, où ne vivraient que les rebuts de la société. Soutenu par un Nord unanime, le Cavaliere a donc donné le coup d'envoi, sous l'œil fasciné des médias et du reste de l'Italie, à un engagement collectif en faveur des mieux lotis. Les autres pouvaient crever : en méritocratie, misère et malchance sont des preuves de culpabilité.

Le cas italien n'était pas isolé. La majorité des États du monde s'étaient engagés à ne pas changer : ils sauvaient les apparences, falsifiaient les comptes, résistaient avec inventivité à la terrible crise et tentaient par tous les moyens d'éviter la subversion sociale en faisant taire les hommes-ordures, désormais les plus nombreux. Chaque gouvernement partait du principe que « Nous sommes tous responsables de nos choix, et si le bonheur ne dépend pas exclusivement de nous, c'est à chacun de nous de choisir comment affronter les joies et les douleurs que la vie nous réserve[1] ».

Le 24 avril 2009, le Premier ministre appelait une fois encore ses sujets à affronter la crise en produisant plus. Ainsi, le lendemain, la masse des hommes-ordures – malheureux intrinsèques selon les philosophes, consommateurs selon les économistes – s'est abstenue de célébrer la fête de la Libération : au mépris du rituel social, de nombreux commerces sont restés ouverts, préférant célébrer le droit à la recherche obsessionnelle du confort individuel.

Pourtant, quelques semaines plus tôt à Rennes, dans le nord-ouest de la France, alarmés par la catastrophe imminente et la crise qui menaçait de s'aggraver, d'éminents philosophes, économistes, politologues, sociologues et communicants s'étaient réunis pour s'emparer de la question du bonheur.

La nécessité de définir une seule idée du bonheur, partagée par la planète entière, à l'heure de la mondialisation et de l'individualisme, paraissait essentielle pour reprendre le contrôle de l'humanité et établir des limites et principes permettant d'exploiter la force vitale et la technologie à de nobles desseins.

De nombreuses pistes de réflexion sont nées à Rennes.

La première étant qu'il n'existe pas d'idée commune

1. Propos du philosophe Yves Michaud repris par Michela Marzano dans un article publié sur Repubblica.it le 16 avril 2010, intitulé « Le droit d'être heureux. Comment le bonheur change ». *(N.d.A.)*

du bonheur pour l'homme moderne, puisqu'il n'y a pas non plus d'idée commune de la vertu, de l'éthique ou de la morale, ni de la noblesse, de l'honneur ou de la dignité.

La deuxième étant que le bonheur est, par essence, un état partagé, qui affecte à la fois l'homme et l'environnement dans lequel il vit. Si ce n'est qu'aujourd'hui, l'homme est si éloigné de la nature qu'il a peu d'occasions d'en observer les manifestations.

La troisième étant que l'homme moderne confond bonheur et bien-être, recherche du bonheur et satisfaction des besoins, sentiment de bonheur et moments de joie brefs et spontanés. Nos désirs, lorsqu'ils sont assouvis, nous procurent un frisson si intense que l'on désire désirer encore, désirer plus grand, plus loin.

Contrairement au bonheur, cependant, les désirs ne viennent pas toujours de nous-mêmes : ils peuvent être créés.

Ce que le Cavaliere a communiqué à ses citoyens, c'est le droit de désirer indéfiniment. Il justifiait ainsi à leurs yeux l'abandon des rites sociaux, l'oubli de l'histoire et la projection dans un futur rempli de désirs.

Et ce que les hommes-ordures ne pouvaient plus voir, c'était la face cachée de la joie, le moment où elle fait défaut. Puisque la joie née des désirs est concrète et mesurable, elle a plus d'une limite, elle a un début et une fin, elle est aussi éphémère (et toxique) qu'un feu d'artifice. Comme lui, elle peut faillir. Ou décevoir.

Beaucoup de commerces et d'entreprises italiens, répondant aux proclamations incessantes du Cavaliere, sont aussi restés ouverts le 1er mai, brisant ainsi la sacralité laïque de la journée ouvrière. Beaucoup de commerces et d'entreprises, partout dans le pays.

Mais pas à Ogno, ni ce 1er mai ni les suivants.

À Ogno, depuis des temps immémoriaux, le 1er mai de chaque année la ville se réunit après des semaines de préparation pour assouvir un besoin physique de musique, de danse, de porcs sacrifiés sur les braises et, bien sûr, des feux d'artifice, source de joie pour de nombreux habitants et, pour l'un d'eux, l'occasion de changer de vie et d'accéder enfin au bonheur.

14

« Aïe… aïe… aah… Putain de… »

Occupé à se tourner et à se retourner dans son lit, remuant ainsi les restes d'une généreuse peperonata, Fausto entend du bruit dans le salon. Il roule sur le côté pour regarder l'heure sur le réveil de la table de chevet : quatre heures moins cinq. Il a dû rêver. Il émet un rot qui rappelle à son bon souvenir un piment rouge et charnu, roule de l'autre côté et retombe aussitôt dans un sommeil profond et digestif.

« Mmph… Rrah… »

Fausto se réveille en sursaut. Dans un demi-sommeil, il se souvient d'un article qu'il a lu dans le *Corriere della Sera* consacré à une étude scientifique sur la différence de programmation entre le cerveau des hommes et celui des femmes[1]. L'article affirmait que, même au repos, les femmes sont programmées pour rester dans un état de vigilance afin de protéger leur famille et que les hommes

---

1. La recherche, menée par Andrzej Urbanik de l'Université de Cracovie, en Pologne, a été reprise par la BBC et publiée dans le *Corriere della Sera* le 30 novembre 2009. *(N.d.A.)*

le sont pour protéger leur territoire. En d'autres termes: la nuit, les femmes se réveillent au son des pleurs des enfants, et les hommes à celui du danger.

Cette nuit-là, l'instinct masculin de Fausto se réveille fièrement, et l'emmène à pas lents et prudents – en partie à cause des patins qui glissent sur le parquet ciré – dans l'obscurité du salon. Une fois sur le seuil, cependant, la raison reprend le dessus, en même temps que la lumière qu'il allume depuis le couloir.

« Qui est là ?

— À ton avis ?

— Barbara ? Tu sais quelle heure il est ? »

Assise dans le fauteuil en cuir couleur tabac, Barbara ne peut pas bouger. Son mal de dos ne cesse d'empirer. Le moindre mouvement la fait souffrir, même respirer est trop douloureux, le simple fait d'exister fait couler ses larmes. Mais pas devant son père.

« Retourne te coucher. Tout va bien.

— Tout va bien ? Il est 4 heures du matin, tu fais un boucan d'enfer, tu me réveilles et tout va bien ? Je m'en fous que tout aille bien ! Tu crois pas qu'il serait temps d'apprendre la politesse et le respect ? À ton âge…

— Tu me soûles ! Fous-moi la paix.

— Sur un autre ton, tu veux ? C'est toujours chez moi ici et, jusqu'à preuve du contraire, je suis toujours ton père.

— Il est mort, mon père !

— Pardon ?

— Il est mort, mon père.

— Fais gaffe, tu vas t'en prendre une !

— Qu'est-ce que tu veux. T'es qui. Tu viens d'où. En fait, non, dis-moi plutôt pourquoi t'es revenu. Maman et moi on était bien mieux sans toi, n'aie aucun doute là-dessus. Au début, je dis pas. Mais on le savait, au fond, qu'un jour tu te mettrais à courir après une nana qui aurait eu la patience d'attendre que ta bite se lève. Non, pardon : une nana qui ferait semblant d'être intéressée par ta bite. Ça t'a pas suffi de détruire une famille, il a aussi fallu que tu reviennes, persuadé qu'on était encore là à pleurer ton absence.

— J'ai dit que j'étais désolé. On fait tous des erreurs.

— Désolé ? T'as pas idée de ce que tu nous as fait subir. Maman n'est pas sortie pendant des mois. Des mois, t'entends ? Tout ça parce qu'elle avait pas le courage d'affronter le regard des gens. Et même après : t'as pas idée. Tu t'en fous. Tu t'en vas, tu reviens, tu fais ce qui te chante.

— Et pour moi, tu crois que c'était facile ?

— Oui. Ça t'a pas demandé beaucoup d'efforts de me farcir la tête de mensonges, toutes ces années. T'aurais pu au moins m'expliquer.

— Barbara, je...

— Au fond, je m'en fous. J'aurais dû voir mon père pour ce qu'il était. L'homme qui m'a élevée était un étranger, un menteur, un traître. J'ai jamais eu de vrai père.

— Tu peux pas dire ça, Barbara.

— Pourtant je le dis. C'est même tout ce que j'ai à dire. T'es pas d'accord, maman ? »

Fausto se retourne et aperçoit la silhouette silencieuse de sa femme à la porte du salon, pieds nus, maigre, la tête enfoncée dans les épaules, petite et vieille comme elle ne lui était jamais apparue auparavant.

« Pour nous, t'es mort, *papa*. Je voudrais que tu sois mort pour de vrai. On pourrait tourner la page, en finir avec tout le mal que tu nous as fait. »

Teresa baisse les yeux, fait demi-tour et repart se coucher.

Fausto ne sait pas quoi répondre. Tout ce qu'il parvient à dire avant de retourner dans sa chambre, c'est: «Je suis désolé.

— Tu l'as déjà dit. Éteins la lumière en sortant.»

15

C'est l'une des plus grandes parties du corps humain, et pourtant le dos compte seulement cinq muscles : le trapèze, les grands dorsaux et les infra-épineux.

Le trapèze, qui s'étend de la nuque aux avant-dernières vertèbres, permet le mouvement des épaules et de la tête.

Les grands dorsaux, les plus gros muscles du corps, vont du sacrum aux aisselles. Ce sont les muscles opposés aux abdominaux, avec lesquels ils commandent le mouvement du tronc.

Les infra-épineux reposent sur les omoplates, juste en dessous du trapèze. Ils font bouger les bras d'avant en arrière.

La plupart des blessures au dos sont dues à une hyperextension du tronc, mais elles peuvent aussi être causées par une torsion pelvienne trop brusque ou un effort vers l'arrière avec hyperextension de la hanche. En d'autres termes, l'extension, la flexion, la torsion et la compression risquent de surcharger les muscles du dos, en particulier le segment lombaire inférieur.

La stabilisation du rachis – ou colonne vertébrale –, ainsi que le renforcement musculaire sont des moyens efficaces de prévenir les blessures. En cas de blessure, la rééducation s'impose et ne doit pas être prise à la légère :

si elle est mal faite ou incomplète, elle peut entraîner des lésions.

Chaque être humain possède la même structure musculo-squelettique. Même une coiffeuse comme Barbie, assise dans l'obscurité du salon de mamma Teresa et qui n'avait jamais ressenti une douleur aussi intense.

Ce qu'elle pense alors, pendant ces heures nocturnes, le désespoir la poussant finalement à se verser un cocktail improvisé d'anti-inflammatoires et d'analgésiques, personne ne le saura jamais.

Mais du fond de son cerveau émerge peu à peu une image claire, semblable à un blasphème : elle se revoit à quatre pattes sur la banquette arrière de la voiture du photographe, les jambes entravées par son jean et la tête maintenue par une main dans ses cheveux, comme une jument. Alors, un mouvement brusque, une torsion. Et un muscle, aussi chaud que le reste de son corps, qui cède.

16

Dimanche.

Les journaux télévisés de Primo Canale annonçaient une semaine de météo instable. Pourtant, aujourd'hui, c'est une belle journée ensoleillée.

À 5 heures de l'après-midi, le thermomètre accroché au-dessus du bureau de poste sur la place d'Ogno indique 22 °C. Presque un record pour une localité à flanc de colline.

Fausto est assis à l'une des tables du Bar Sport et regarde les gens passer.

Depuis 8 heures ce matin, il fait la tournée des bars. Il a commencé par ceux près de l'église. Au rythme de trois verres de blanc par heure, qu'il sirote tranquillement. De temps en temps, il change pour un soda à l'orange amère mélangé à du Campari. En Sardaigne, on appelle ça un *cardinale* : une dose de Campari, une dose de jus d'orange amère, de la glace, une tranche d'orange. On met d'abord la glace, puis le jus d'orange amère, la tranche d'orange et enfin le Campari, en veillant à garder les deux couleurs séparées. Il n'arrive pas à l'expliquer aux barmans d'ici. Alors il se contente de ce qu'ils lui apportent : un soda à l'orange amère souillé de Campari tiède, sans glaçons et sans un minimum d'élégance ou de courtoisie.

Fausto passe plusieurs heures dans chaque bar. Il a décidé de regarder de près les personnes avec lesquelles il vit. Ce matin, près de l'église, il a vu arriver le curé avec sa gouvernante, suivis d'un couple de paroissiens et des enfants de chœur ; les cloches ont sonné, les veuves se sont présentées pour les psaumes, les fidèles ont commencé à se rassembler par petits groupes, rejoints ensuite par les retardataires ; à la deuxième lecture, les garçons et les filles se sont donné rendez-vous devant les portes latérales. Fausto a observé quelques couples qui échangeaient des baisers timides. Ils sont rentrés à temps pour la communion eucharistique. Les fumeurs sont sortis les premiers, puis tous les autres. On a engagé des conversations sur le parvis. Les familles se sont dispersées. Pause. Changement de bar. Les cloches ont sonné la deuxième messe dominicale, celle d'avant le déjeuner. Comme toujours, sont arrivés dans l'ordre les veuves, puis les femmes et quelques couples. Les maris se sont arrêtés au bar voisin. À la fin de l'office, les gens sont sortis rapidement, se sont salués en vitesse, l'appétit ouvert.

Changement de bar. La ville est restée calme pendant quelques heures. Les premiers à réapparaître ont été les enfants à vélo. Le prêtre a ouvert les grilles de la salle paroissiale. Les plus grassouillets sont entrés : ils ont attendu l'ouverture du bar pour acheter des bonbons gélifiés et des bonbons lacets. Puis les grands : les animateurs, les animatrices, les copains, les copines, les petits couples et tous les autres. Indéfinissables, ces jeunes.

Changement de bar. Sur la place, les préparatifs commencent pour l'impératif de la fête : manger jusqu'à se faire exploser l'estomac. On allume les plaques chauffantes, les volontaires se rassemblent, on attribue les tâches : caisse, tables, agrafeuse, barbecue, frites, réfrigérateur pour les boissons et pour les glaces. Sur scène, on fait les balances. Les enceintes hurlent, la musique crépite dans l'air déjà épais de vapeurs, fumées, prières et blasphèmes.

Changement de bar. Au bas de la départementale, la circulation devient plus dense et les premières voitures se garent en bordure des fossés. Les familles arrivent. Puis les couples sur leur trente-et-un. Le prêtre déblaye la cour de la paroisse, le terrain de basket et le terrain de football, où les scouts aident les voitures à se garer. À 19 heures, les tables sont déjà bondées et l'odeur de l'huile de friture sature l'air de la place comme un brouillard méphitique et envoûtant. Présentation de la soirée. Salutations du maire. Programme. Le barbecue est ouvert. On vend des tickets de tombola. On rappelle qu'il y a un loto dans la salle paroissiale. Le premier groupe commence à jouer.

Changement de bar. La fumée de la graisse de porc fait transpirer, elle colle à la peau. La bière coule à flots, comme le ketchup. Les kilos de frites consommés pourraient remplir le hall d'un gratte-ciel. L'air est immobile. La lune se lève, sans son halo. Il ne pleuvra pas demain. Il fait encore chaud, trop chaud pour un soir de 1er mai. Sur scène commence le concours de talents d'Ogno, du village d'à côté et de celui un peu plus loin. Les limites de la décence sont de plus en plus floues. La cocaïne laisse des traces sur les tableaux de bord, sur les réservoirs des toilettes publiques, ou directement sur le dos de la main serrée en poing, cette main qui distribuera ensuite des caresses affectueuses aux enfants et aux amis.

Changement de bar. Reprise d'un morceau de pop-rock italien sur scène. Dans le coin le plus discret du parvis, des groupes d'adolescents réunis autour de chillums et de bangs envoient des messages fumeux d'indépendance. Dans un rayon de quelques mètres, on peut acheter toutes les drogues bon marché disponibles à Ogno. Poppers, pâte de coca, haschisch, cocaïne, un peu de marijuana, beaucoup d'héroïne, ecstasy, plantes hallucinogènes. Et pour cinquante euros d'achat, une bouteille d'eau est offerte pour fabriquer son bang.

Des enfants dorment contre l'épaule de leur père. À côté de Fausto, une petite fille vêtue d'une jolie robe rouge, avec dans les cheveux une barrette en forme de ruban, se frotte les yeux et pleure à chaudes larmes : elle a perdu sa mère.

Fausto hésite, se lève, passe à côté d'elle et lui dit en souriant : « Tu aimerais bien avoir un nouveau papa ? »

17

Il est un peu plus de 18 heures lorsqu'on sonne à la porte.

« Attends, j'y vais. »

Maicol se lève du canapé et va ouvrir. C'est Barbie, qui le regarde comme César aurait regardé Brutus.

« Tiens, je tombe à pic.

— Barbara, commence pas.

— Tu lui as dit ? »

Ric s'extrait du canapé. Après tout, il est encore chez lui.

« Dit quoi ?

— Rien, répond Maicol.

— On veut plus d'argent, dit Barbie.

— Pardon ?

— On risque la prison, autant que ça en vaille la peine.

— Et qu'est-ce que tu comptes faire avec le fric ? »

L'espace d'une seconde, Ric a très envie d'envoyer chier cette petite pétasse. Puis il regarde Maicol et pense ce qu'il a toujours pensé : c'est un incapable, il n'y arrivera jamais tout seul.

« On peut en discuter. Combien vous voulez ?

— Dix mille.

— Tu plaisantes, j'imagine.

— J'ai jamais été aussi sérieuse. Dix mille ou c'est sans nous, pas vrai Maicol ? »

Maicol a l'expression d'un poisson rouge dans son bocal. Barbie répète sur un ton de provocation : « Pas vrai, Ma-i-col ? »

Maicol a l'expression d'un poisson rouge avec un cerveau d'homme dans un bocal au bord d'une table bancale autour de laquelle se disputent son amie et son amant-patron. À chaque coup de poing, la table branle et le bocal tremble. Mais le poisson rouge ne parle pas et la question reste en suspens.

Heureusement pour lui, Ric aussi est un homme, incapable d'affronter une femme en colère.

« OK, OK, c'est bon. Dix mille. Mais pas un centime de plus. »

L'affaire est conclue. Il est temps de mettre le plan à exécution.

Ils révisent la marche à suivre.

Six heures et demie. Encore une demi-heure et ils iront à la kermesse. Barbie avec Maicol, comme d'habitude. Ils arriveront comme ils le feraient normalement, gareront la voiture dans une petite rue, où ils trouveront de la place facilement et sans se faire remarquer. Ensuite, ils chercheront leurs amis parmi les tablées, se mêleront à la foule. Ric arrivera à son tour et jouera la même comédie. Maicol suggère de se porter volontaire pour tenir la buvette. Ric objecte que la puanteur de la friture et du lard grillé imprègne à jamais les vêtements. Mais il admet que ça pourrait être une bonne idée. Lorsque la place sera bondée et que la fête battra son plein, au moment du concert de reprises, Barbie et Maicol s'éloigneront. Ils iront chercher de l'essence. À moins d'y aller avant la fête ? Non, mieux vaut attendre qu'il fasse nuit. Oui, oui, on fait comme on avait dit. Bref, de l'essence. « Avec les gants, n'oubliez pas. » Ils vérifient : on les a. Barbie les sort de son sac pour s'en assurer, puis les remet à l'intérieur. Étape suivante, le salon de coiffure. Ils entreront, répandront le carburant. « Toujours avec les gants, n'oubliez pas. Et évitez d'éclabousser vos vêtements, sinon ça se sentira. »

Ensuite, ils sortiront, en refermant la porte derrière eux. Ils briseront la vitrine de l'extérieur, jetteront un chiffon enflammé à l'intérieur et repartiront en vitesse, pour retourner aussitôt à la fête, comme s'ils ne l'avaient jamais quittée.

« Pas de relâchement tant que tout n'est pas fini. Vous restez concentrés, alertes. T'as compris, Maicol ?

— Pour qui tu me prends ?

— Je te connais. »

Barbie le rassure : elle a pris des antidouleurs et ne boira rien d'autre que du jus d'ananas.

« Des antidouleurs ? Pourquoi ?

— C'est une longue histoire. Laisse tomber. »

Quoi qu'il en soit, Ric est fier de constater que le plan est carré. Maintenant qu'ils l'ont répété, ça lui semble encore plus simple.

Il songe un instant à renégocier et se ravise. Il devrait avoir assez avec les soixante mille.

« Ric, tu vas faire quoi ? demande Barbie.

— Comment ça ?

— Avec l'argent, tu vas faire quoi ? Maicol finit de payer sa voiture, moi je me fais refaire les seins. Et toi, tu vas faire quoi ?

— Moi aussi, les seins.

— Ha, ha. Crétin. Allez, sérieusement, c'est quoi ton projet ?

— Je pars, je m'en vais, je disparais. Je sais pas. Ça me regarde.

— Eh, relax. C'est juste une question. »

Ça ne vaut pas la peine d'expliquer à ces deux-là qu'à Trieste et à Chieti, ça coûte trop cher, que ça prend trop de temps et qu'il ne veut pas s'emmerder avec les psys, les hormones, les consultations pré-opératoires, la paperasse au tribunal et à la préfecture. À Cuba, ou au Brésil, tout est plus rapide et on peut obtenir des papiers d'identité avant même de se faire opérer. Il est temps de changer de vie. De trancher dans le vif. Littéralement.

18

E d'altronde è questa qui
La realtà di questa vita
Ci si guarda solo fuori
Ci si accontenta delle impressioni
Ci si fotte allegramente
Come se fosse niente[1].

Maicol cherche Barbie de l'autre côté de la place.

Il ne la voit pas au milieu des tablées où tout le monde, éméché, reprend en chœur le nouveau tube de Vasco que le groupe joue dans un style grunge. En fait, Barbie se tient un peu à l'écart sur la place : elle est en train de se disputer avec le photographe. Son dos lui fait un mal de chien. Les anti-inflammatoires ne font plus effet. Six sachets en moins de quinze heures, histoire de tenir debout, c'est trop pour une taille 36/38. Il veut l'accompagner aux urgences. Elle l'engueule.

Darei fuoco a casa tua
Se mi passasse il mal di denti[2].

---

1. *Et d'ailleurs c'est celle-là / La réalité de la vie / On ne regarde que l'extérieur / On se contente des impressions / On baise allégrement / Comme si c'était insignifiant.* Chanson de Vasco Rossi, *Basta poco.*

2. *Je mettrais le feu à ta maison / Si mon mal de dents passait.*

Maicol continue de chercher Barbie des yeux. Il ne la voit pas. Il lui envoie un SMS.

Basta poco
Per esser furbi
Basta poco
Basta pensare che son tutti deficienti[1].

Le téléphone de Barbie sonne dans la poche de son jean. C'est Maicol : il est temps d'y aller.

Elle lui répond : cinq minutes, il n'a qu'à l'attendre à la voiture. Ses doigts courent tout seuls sur le clavier, sa tête continue de faire la conversation. Elle obtient du photographe qu'il aille lui chercher un analgésique plus efficace. Lorsque la douleur sera à nouveau supportable, ils iront ensemble aux urgences. Elle se félicite de l'alibi qu'elle vient de se trouver.

Basta poco
Per non capire e scappare via
Basta poco
Perché ti dia fastidio uno pur che sia[2].

Maicol cherche Barbie de l'autre côté de la place. Il ne la voit pas. Il souffle.

Enfin elle lui tape sur l'épaule en souriant.

« On y va ?

---

1. *Il suffit de presque rien / Pour être intelligent / Il suffit de presque rien / Il suffit de penser que ce sont tous des abrutis.*

2. *Il suffit de presque rien / Pour ne pas comprendre et prendre la fuite / Il suffit de presque rien / Pour que quelqu'un, n'importe qui, t'ennuie.*

19

E intanto il mondo rotola
E il mare sempre luccica
Domani è già domenica
E forse forse nevica[1].

Ivre comme jamais, seul comme jamais, Fausto pisse sur le bord de la route.

Il vide sa vessie, secoue, remonte sa braguette. Puis il se retourne.

Dans une voiture qui passe phares éteints et qui prend un virage trop large, il croit apercevoir sa fille.

Il cligne des yeux pour faire la mise au point. Ça ne marche pas.

---

1. *Et en attendant, le monde tourne / Et la mer continue de scintiller / Demain, c'est déjà dimanche / Et peut-être, peut-être qu'il va neiger.*

20

Son mal de dos la rend dingue, un truc de fou, elle n'a jamais autant souffert.

Non seulement les analgésiques ne font plus effet, mais la douleur, loin d'avoir cessé, est maintenant si insupportable que Barbie se mord la langue pour ne pas pleurer. C'est peut-être à cause du stress.

Assise dans la voiture à côté de Maicol, elle souffre, mais ce n'est rien comparé à la douleur qui l'assaille quand elle pose le pied à terre.

« Eh, fais gaffe ! »

Elle retrouve l'équilibre et tient fermement le jerrican contre son ventre. Cinq litres d'essence, ce n'est pas si lourd à porter, sauf en cas d'élongation musculaire ayant entraîné une inflammation aiguë. Dans ce cas, même le poids de votre corps est difficile à soutenir.

Maicol trifouille dans la serrure. Le réverbère n'éclaire même pas les moustiques depuis que la municipalité a installé des ampoules basse consommation. Il parvient enfin à ouvrir, et prend le bidon des bras de Barbie.

« Bi, qu'est-ce que t'as ? Ça va pas ?

— Non, pas vraiment.

— Laisse-moi faire. Va t'asseoir. »

Barbie s'installe dans le premier fauteuil. Elle savoure l'oxygène qui entre dans ses poumons.

Maicol commence à répandre le carburant autour d'elle. Il en verse sur les murs en placo, sur les présentoirs en bois pour shampoings et après-shampoings, sur la tablette des serviettes, les fauteuils, les étagères, le sol.

« Soulève les pieds. »

Barbie obéit. D'un mouvement brusque – qu'elle regrette aussitôt – elle rassemble ses pieds sur la pédale du fauteuil.

« Laisse-moi un passage pour sortir. Je veux pas m'en foutre partout.

— Ouais, t'as raison. »

Maicol fait le tour des fauteuils, arrose les tiroirs des sèche-cheveux et des fers à lisser, renverse les sprays de laque sur le sol.

« Allez, Bi. Lève-toi, on y va.

— Donne-moi un coup de main. J'y arriverai pas toute seule. »

Barbie pose un pied par terre, prend appui sur les accoudoirs et essaie de se lever. Son dos lâche, son pied glisse et elle s'étale de tout son long.

« Merde !

— Mais qu'est-ce que t'as, à la fin ?

— Rien, rien. Juste mal au dos. Aide-moi. »

Maicol pose le jerrican, attrape son amie des deux mains, l'aide à se relever. Comme souvent, il s'étonne de sa maigreur.

« Je peux m'appuyer sur toi ?

— C'est à ce point-là ?

— T'imagines pas. »

Maicol récupère le jerrican. Lentement, il avance à reculons vers la porte, Barbie accrochée à son cou comme une écharpe. Il jette de l'essence sur la zone qu'ils viennent de parcourir.

Maicol continue de verser de l'essence en faisant quelques pas à l'extérieur, puis pose le jerrican. Barbie s'assoit par terre. Ferme les yeux. Elle a la tête qui tourne. Elle n'arrive plus à respirer.

« Hé, Bi. Regarde-moi. On a presque terminé. Tiens bon, d'accord ? C'est presque fini. »

Il se dépêche de refermer la porte à clé.

Puis il va chercher une pierre. La lance sur la vitrine. Crash. Parfait.

Il tâte son jean à la recherche du briquet.

« Merde. »

Il a dû tomber dans la voiture. Quelques pas rapides vers le parking. Il ouvre la portière. Fouille le siège. Trouve le briquet coincé entre le dossier et l'assise. Il attrape dans le vide-poches le chiffon qu'il utilise pour épousseter le tableau de bord.

Il retourne près de Barbie.

« Comment tu te sens ?

— Pas bien, Maicol, vraiment pas bien. Dépêche-toi. Je crois que j'ai vu un truc bouger. Je crois qu'il y a quelqu'un.

— C'est sûrement un chat. Tiens ça. »

Maicol lui confie le briquet et s'efforce d'introduire le chiffon dans le jerrican. Il le tient du bout des doigts, le laisse tremper dans le fond d'essence qui reste, puis le ressort et tend le bout sec à Barbie. Il récupère aussitôt le briquet des mains de son amie et met le feu au morceau de tissu.

« Allez Bi, debout, c'est presque fini. »

21

Fausto aime la vigne. C'est aussi pour elle qu'il est revenu. Elles lui ont manqué, ces collines. Lorsqu'on parcourt le monde, on a parfois envie de retrouver un chez-soi. Et rien ne dit qu'on en trouvera un là où on atterrit.

C'est qu'un chez-soi, quand on en a un, on l'aime autant qu'on aimerait quelqu'un.

Pour Fausto, ç'a toujours été les collines, la vigne, sa protection, les prières qu'on lui adresse aux premiers mois de l'année, le soleil des vendanges à la fin de l'été, l'odeur du moût en automne, les dernières grappes qui mûrissent ; et puis l'hiver qui attend, les pleurs de la vigne au dégel, les attentions silencieuses, les gestes répétés année après année avec la sacralité d'un long psaume que récitent des mains pieuses. C'est cette spiritualité, cette vie qui reste emprisonnée dans les bouteilles de vin. Chaque millésime a son parfum, sa saveur, sa valeur.

Quand il s'éloignait de ces terres pour son travail, il ne s'en séparait jamais tout à fait, y revenait toujours comme à sa vraie maison. Et quand il s'en est éloigné pour un amour artificiel, la nostalgie l'a suivi, encore une fois.

Souvent, la nuit, il quittait le lit de Teresa et venait se promener dans les vignes. Il l'avait fait à des moments importants : après l'avoir demandée en mariage, après avoir su qu'il deviendrait père, avant de lui avouer sa trahison.

Ce soir aussi il cherche une réponse dans la vigne.

Il lui demande s'il a bien fait de revenir. Peut-être que Barbara a raison : elles étaient mieux sans lui. Il était mort.

En se promenant dans les vignes, il parcourt le chemin qui mène à l'ancien monastère. Du haut de la colline, l'édifice domine la vallée depuis des siècles. C'était d'abord un château seigneurial, puis une forteresse militaire, enfin un monastère. De terribles procès pour sorcellerie se sont déroulés dans ses murs, comme l'histoire du coq. Une de ces affaires nées des commérages, de la jalousie et de l'hypocrisie des fidèles croyants, ceux qui cherchent dans le culte l'assurance d'aller au paradis, d'être frappés du sceau des justes en suivant un protocole d'actions et un formulaire de prières, même si leur âme est aussi noire que la poix et leur langue rouge comme un glaive de feu. Plus de cent vingt personnes ont été dénoncées par leurs voisins puis jugées. Et quand la chasse aux sorcières s'est terminée comme elle devait se terminer, c'est-à-dire dans le silence, ce lieu de torture et de mort est devenu un monastère spécialisé dans les remèdes à base de plantes et les eaux-de-vie contaminées au plomb. Puis sont venues les guerres et il a servi de refuge aux malheureux. Pour finalement se transformer en terrain de jeu pour les gamins de ces collines, un terrain de chasse aux vipères et aux roussettes, un repaire pour les feux de joie de fin d'été, un lieu interdit où se rendent les garçons courageux, la nuit, pour effrayer et séduire les filles.

Dans la nuit de ce 1er mai, qui n'a jamais été aussi chaud, Fausto monte vers la forteresse à la recherche de quelque chose qui appartienne au passé, n'importe quoi, même un trou dans le grillage.

Il longe les rangées de vignes protégées par des rosiers, emprunte le sentier qui traverse les terrasses du vignoble, sur le coteau en bordure de la nationale. Il regarde la route, reconnaît le salon où travaille Barbara. Au-dessus de lui, la forteresse.

Le trou est toujours là.

Il s'y faufile.

Dans les hautes herbes, il redevient un enfant.

Tout est encore possible.

Il atteint les ruines.

Il entre.

Il respire l'odeur humide des murs croulants. Certains portent encore la trace des crochets auxquels on fixait des cordes pour délimiter les lits des réfugiés de guerre. Il retrouve le chemin qui mène à la tour extérieure. Il la contourne, gravit les marches de pierre souillées de merde humaine et animale et de traces de feux follets. Arrivé au sommet, il profite de la douceur des collines, de leur dessin langoureux dans l'obscurité. Il se penche pour espionner la ville en fête, les rues désertes tout autour de ce cœur battant de sons, d'odeurs, de lumière, de vies insouciantes. Par-dessus le parapet, il observe la nationale qui monte vers les collines. Il monte sur le parapet, ferme les yeux et respire profondément l'air de chez lui. Il est content d'être de retour. Il ne veut plus jamais partir. Et il en sera ainsi.

Fausto perd l'équilibre. Un éclair l'a surpris, illuminant l'autoroute en contrebas. Et tandis qu'il tombe de la tour de la forteresse, juste avant de s'écraser dans les vignes de cabernet et de merlot chargées de grappes, il comprend que la lumière qui se rapproche vient du salon de coiffure de Barbie en train de brûler.

22

Assise par terre devant le salon, éclairée par le chiffon enflammé qu'elle tient à bout de bras, Barbara a le visage blême et les yeux brillants. Elle tend l'autre main vers Maicol, debout devant elle.

« B-Barbara ».

Elle connaît cette voix. Ça ne peut être qu'une hallucination.

Maicol fait un pas pour regarder dans l'obscurité.

« B-Barbara, n-non ! »

Oui, elle la connaît. À qui est cette voix? Elle se retourne, malgré son dos raide de douleur.

« Qu'est-ce que tu fous là, qu'est-ce que tu veux, dégage ! » crie-t-elle.

Maicol demande qui c'est.

« Je t'avais dit de disparaître. J'aurais mieux fait de te buter. »

Maicol demande à nouveau qui c'est.

« Je-je... je-je t'... »

Ermes s'approche de Barbie et tente de lui attraper les mains. Elle hurle, plus de douleur que de peur.

Derrière elle un bruit sourd, comme un tas de branches qui se brise sur les rochers. Ou des os sur l'asphalte.

Barbie lâche la mèche et en un instant tout s'enflamme :

la traînée d'essence jusqu'au seuil du salon, le paillasson et la porte d'entrée, les sprays de laque sur le sol, et puis les chaussures de Barbie et son jean, mouillés de l'essence qui coulait du bidon abandonné et auquel personne, dans l'obscurité, n'avait fait attention.

Épilogue

J'ai l'impression d'avoir des blocs de marbre à la place des paupières. J'ai eu un mal fou à ouvrir les yeux. J'ai bataillé pour décoller mes cils.

À force de concentration, j'ai fini par y arriver. Même si ça ne s'est pas vu de l'extérieur. J'ai fait exprès de pleurer et les larmes sont venues dissoudre les énormes croûtes qui s'étaient formées aux coins de mes yeux.

À l'extérieur, je pleurais. Mais à l'intérieur, je jurais comme un maçon qui s'est donné un coup de marteau sur le doigt. Et quel coup. Alors que s'il avait visé juste, le clou serait rentré, précis et direct. Puissant et définitif. Au lieu de me faire si mal.

Je prends une inspiration et je soulève les paupières. Lentement, car la lumière est douloureuse.

Putain.

J'ai mal absolument partout.

Qu'est-ce qui se passe.

Je suis où.

Comment je peux souffrir autant juste pour ouvrir les yeux.

Y a un truc pas normal. Je vais y aller petit à petit.

Premièrement : j'ai réussi à entrouvrir les yeux.

Deuxièmement : je suis en train de m'habituer à la lumière. Bien.

Troisièmement : inutile de paniquer.

Je commence un petit inventaire de mon corps. Et il y a plusieurs choses qui ne vont pas.

Je respire mal. Je me sens coincée. Mes jambes ne veulent pas bouger. J'ai froid. Plutôt, j'ai des frissons. Non, plutôt des démangeaisons. Diffuses. Insupportables.

Ce que je comprends en premier, c'est que je suis dans cette position depuis un certain temps, parce que j'ai mal à la fesse droite. Pas à la gauche : j'ai une jambe plus courte que l'autre – un phénomène fréquent, m'avait expliqué l'orthopédiste quand j'étais petite, avant de me prescrire des chaussures spéciales. Pendant des années j'ai dû porter des chaussures orthopédiques. Moi qui voulais mettre des ballerines avec des jupes, ça me rendait malade.

Aujourd'hui, je m'en fiche, je porte des talons et je fais ce que je veux, n'empêche que quand je reste allongée trop longtemps, pour lézarder au soleil par exemple, ou un lendemain de cuite, ou devant la télé le dimanche après-midi, j'ai mal à la fesse droite.

Je suis donc ici depuis un moment. Qu'est-ce que j'ai foutu, bon sang.

Je crois pas avoir bu, mais peut-être que si. Je me sens tellement étourdie. Peut-être qu'on a mis un truc dans mon verre. Quelqu'un a mis un truc dans mon verre. Si je te retrouve, bâtard, je te botte le cul avec ma jambe la plus longue.

Je décide que je peux ouvrir les yeux. J'aime pas du tout ce que je vois. Il y a trois flics autour de mon lit. Qui n'est pas mon lit, mais un lit d'hôpital.

J'essaie de refermer les yeux pour faire comme si je dormais encore, mais ils m'ont vue. Il n'y a personne d'autre dans la chambre et je doute qu'ils soient ici par hasard ou pour une visite de courtoisie. Remarque, il se peut qu'on soit cousins, peut-être au deuxième ou au troisième degré. Même si la ville est petite, on connaît pas forcément tous les membres de sa famille.

J'essaye de me redresser.

Je suis tellement engourdie et endolorie que rien que l'idée de me lever me fait mal aux neurones. Cette fois, peut-être bien que j'ai juré comme un maçon à voix haute.

Alors j'abandonne et je fais ce qu'il y a de mieux à faire : je bouge pas et je dis rien.

Un autre flic entre, puis un autre, et encore un autre.

C'est quoi ce bordel. C'est une chambre d'hôpital, pas un défilé militaire, un peu de respect !

Je feins l'indifférence. C'est pas difficile, j'arrive même pas à bouger un muscle. Et puis je commence à flipper.

Je crois bien que j'ai fait une connerie.

« Mademoiselle, vous m'entendez ?… Infirmière, elle m'entend, là ? Hum, hmm… Brigadier Vitale. Non mais elle comprend ce que je dis ou je parle dans le vent ? OK. Hmm… Mademoiselle, je suis le brigadier Vitale. Si vous m'entendez, clignez des yeux deux fois. »

En faisant un petit effort, peut-être que je pourrais parler. Mais pour le moment, ça me paraît pas une bonne idée.

C'est une règle qui a fait ses preuves : laisser l'autre parler le premier.

Petit à petit, je commence à me rappeler ce qui s'est

passé, en slalomant entre légers trous de mémoire et gouffres béants.

Il me manque pas mal de détails. Je me souviens vaguement qu'à un moment, tout a pris feu.

J'essaie de remettre les faits dans l'ordre : beaucoup de choses m'échappent, n'empêche que j'ai le sentiment d'avoir fait une connerie monumentale.

Mieux vaut prendre mon temps et faire ce qu'on me dit. Je cligne des yeux, une fois, deux fois.

« Bien. Je suis le brigadier Vitale. Vous vous trouvez dans le service des grands brûlés. Vous êtes ici depuis environ quatre jours. Votre état est stable, mais reste grave. »

… Putain.

« Vous êtes gardée à vue et accusée de complicité dans l'incendie qui a détruit, dans la nuit du dimanche 1er mai, le commerce situé via Kennedy, à l'angle de la nationale soixante-neuf d'Ogno. Les faits qui vous sont actuellement reprochés sont : incendie criminel, association de malfaiteurs, tentative de fraude à l'assurance. Ce sont des accusations graves, mademoiselle. Vous restez sous surveillance policière dans cet établissement. Euh… infirmière ? Elle m'entend toujours ? Vous êtes sûre ? Oui, oui. C'est bon. J'ai bientôt terminé. »

… Putain. Je voudrais avoir une pensée plus aboutie, voire utile, mais… Putain.

Je voudrais savoir ce qui s'est passé, où sont les autres, quand arrive mon avocat, où est maman, si je vais mourir.

« Votre famille a été informée de la situation. Vous resterez sous surveillance jusqu'à ce que vous soyez hors de danger. Je reviendrai vous interroger quand vous serez en mesure de coopérer, ce que je vous conseille fortement de faire. Je vous souhaite bon rétablissement. Au revoir. »

Et maintenant, je fais quoi ? Je suis innocente. Bien sûr

que je suis innocente. Il faut que je parle. Que je raconte tout.

Mais quoi, exactement ?

Laissée seule dans la pièce, dans un état de fatigue indescriptible et terrassée par une douleur si intense qu'elle a l'impression d'être en train de mourir, Barbara tourne la tête sur le côté.

Teresa ne l'a pas quittée une seconde.

Teresa pleure et sourit. Osant à peine y croire, elle dit à sa fille : « Tu es vivante. »

Barbara aimerait répondre : « Maman, je suis désolée. » Lui dire qu'elle a fait une énorme bêtise, lui expliquer pourquoi. Quelle crétine. Quelle naïve. Quelle nulle. Même pas capable d'allumer un incendie. Mais tout ce qu'elle parvient à faire, c'est garder les yeux ouverts.

« Barbara, je ne sais pas comment te le dire. Ton père, je veux dire : Fausto. Il est… Il s'est… »

Barbara ferme les yeux. Avant que Teresa ne trouve les mots pour terminer sa phrase, elle plonge dans un sommeil plus profond que jamais.

Remerciements

Bien avant le jugement, cette histoire incroyable a pris la forme d'une chronique judiciaire sous la plume de l'irremplaçable Tomaso Boniolo. Chaque coup de théâtre la rendait plus difficile à croire. Dans la presse régionale, l'attention s'est rapidement déplacée de l'escalade de la violence masculine à la dissection chirurgicale de la protagoniste : malicieuse, sauvage, séduisante et la tête pleine d'illusions. Plus je lisais son histoire, plus je reconnaissais en elle divers aspects de la personnalité de nombreuses jeunes femmes prises au piège de cette même province, petite d'esprit et de cœur, où je suis moi-même née et d'où je me suis enfuie. Ce livre est ma déclaration de guerre au décorum, au productivisme padan, au modèle social souverainiste qui présente l'Italie du Nord comme le meilleur endroit où vivre, produire et mourir. Un mensonge qui garde surtout en cage les femmes, de tous âges.

Depuis plus de vingt ans, j'accumule les articles de journaux consacrés à des faits insensés survenus dans les villages qui parsèment la *Macroregione* – seul projet politique à avoir marqué ma génération. Des histoires qui semblent la manifestation d'un démon obscur, sadique et vaguement déficient, planant sur la vallée du Pô, lui réservant peu de plans ambitieux et beaucoup de catastrophes : un croisement entre le dieu du Mal et Vil Coyote. Mes amis les plus proches ont toujours passé sur cette obsession qui est la mienne ; et ils la partagent en partie, avec cet esprit autodestructeur qui nous pousse à vouloir sectionner sans vergogne nos propres racines. Dans la *Macroregione* (selon les données de l'IFEL, Institut des finances et de l'économie locale), trois communes sur quatre sont des micro-communes de moins de cinq mille habitants; seul un Italien sur cinq originaire de la vallée du Pô continue d'y vivre: nous sommes les premiers à fuir les villages où nous sommes nés.

Et finalement l'histoire explosive des ex-amants coiffeurs et de la coiffeuse aspirante *velina* – qui en réalité s'appelle Vittoria – l'a emporté sur toutes les autres, les a rassemblées. Ses protagonistes se préparent en ce moment à faire face à un énième jugement. Pour la trame de cette histoire, bâtie à partir d'articles éloignés les uns des autres dans l'espace et dans le temps, je suis redevable à: Silvia, une amie de cœur et de cheveux; Simona, Miriam, Vania, Andrea et Gea; Michele, qui a sauvé du feu les lettres d'amour; et Paul Mellory, qui une dernière fois a quitté la fête trop tôt, emportant avec lui ses anecdotes irrésistibles et sa capacité d'aimer sans gravité.

Surtout, je dois à ma cousine Monica ce livre et le respect que je porte à chaque jeune fille de province qui grandit, indomptée, dans ce paradis hostile de bigots. Je n'ai pas eu le temps de lui dire à quel point sa féminité exubérante, tout comme ses vêtements vaporeux et ses rouges à lèvres éclatants, me rendaient fière d'appartenir à son genre. Une fierté que j'éprouve toujours en me remémorant la femme pleine de lumière et de courage qu'elle a été, jusqu'au dernier moment.

Table

CET OUVRAGE A ÉTÉ ACHEVÉ D'IMPRIMER PAR NORMANDIE ROTO IMPRESSION S.A.S. À LONRAI, EN MAI 2022, POUR LE COMPTE DES ÉDITIONS LA TABLE RONDE.

ISBN : 979-10-371-0881-4
Dépôt légal : juin 2022.
N° d'édition : 393650.
N° d'impression : 2202243

Imprimé en France.